（同名电视教育片剧情和
糖尿病防治适宜技术配套读本）

抗糖路上爱相伴

Anti - sugar road love company

主　　编	胡仁明				
副 主 编	鹿　斌	魏　岚			
编　　委	纪立农	杨文英	翁建平	贾伟平	陆菊明	周智广
	邹大进	郭晓蕙	于德民	柳　洁	单忠艳	杨玉芝
	朱大龙	杨立勇	陈　丽	赵志刚	李启富	田浩明
	姬秋和	刘　静	葛家璞	时立新	鹿　斌	杨叶虹
	徐炎诚	魏　岚				
主编助理	陈立立	陈统雄				

复旦大学出版社

《抗糖路上爱相伴》电视教育片名单

顾　　问：项坤三　陈家伦　许曼音　朱禧星

总监制：徐建光　孔灵芝　丁　强　纪立农

监　　制：张　勘　邹和健　张力强

总策划：胡仁明　纪立农　宁　光　翁建平　藤卫平　胡锦华
　　　　贾伟平　张　勘　郭晓蕙

策　　划：李益明　高　鑫　汪志明　周丽诺　孙建琴　李　锐
　　　　沈稚舟　藤卫平　孙子林　罗飞宏　刘　军　曹培中
　　　　杜兰珍　宋虹霞　顾沈兵　彭永德　孙　姣　傅　华
　　　　张素珍　杨玉芝　王凤霞

总编剧：胡仁明

编　　剧：纪立农　杨文英　翁建平　贾伟平　陆菊明　周智广
　　　　邹大进　郭晓蕙　于德民　柳　洁　单忠艳　杨玉芝
　　　　朱大龙　杨立勇　陈　丽　赵志刚　李启富　田浩明

姬秋和　刘　静　葛家璞　时立新　鹿　斌　杨叶虹

徐炎诚　魏　岚

导　演：胡仁明

主摄影：陈统雄

摄　影：唐　宏

剪　辑：陈统雄

灯　光：薛海涛

旁　白：王　纬

作　词：单　简

作　曲：陈　干

演　唱：吴　婧　林　禾（演出）

音　乐：陈　刚　陈　功

剧　务：杨叶虹　鹿　斌

字　幕：张　莹　陈立立

责任编辑：王龙妹

主　演：张　强：鹿　斌

　　　　孙　丽：孙　琦

　　　　外　婆：傅玲琍

外　　公：张柏峰

孙丽妈：孙爱娣

吴永鹏：吴　宏

沈思晗：刘思含

总经理：孙云阳

营养顾问：孙建琴

医学顾问：闻　杰

小　鹏　妈：王佩珍

小　女　孩：万婧怡

演出人员：

张　烁　赵晓龙　杨叶虹　庄　鹓　王作民　吴立民

肖国珍　郑珊珊　李琦雯　张　莉　朱彤莹　许　蕾

尤　莉　付　佳　胡　弘　孙克深　杨敏捷　陈震山

张晨蕾　李　琴　黄　颖　叶　子　胥　蕾　曹烨民

许樟荣　陈瑞兴　于齐英

参加单位：

卫生部疾病控制局

上海市卫生局

中华医学会糖尿病分会

中华医学会内分泌学分会

中国医师学会内分泌代谢科分会

亚洲糖尿病微血管并发症研究会

复旦大学附属华山医院

复旦大学内分泌糖尿病研究所

上海市健康教育所

上海市体育局群体处

上海交通大学医学院附属瑞金医院

复旦大学附属华东医院

大庆油田总医院

上海市第六人民医院

上海市医疗急救中心

上海市真如社区卫生服务中心

上海马陆糖尿病苑干预点

珠海联邦制药股份有限公司

拜耳医药保健有限公司

碧迪医疗器械（上海）有限公司

诺和诺德（中国）制药有限公司

卫材（中国）药业有限公司

北京泰德制药股份有限公司

江苏德源药业有限公司

赛诺菲－安万特（中国）投资有限公司

礼来苏州制药有限公司

百时美施贵宝

北京双鹤药业经营有限公司

湖州美奇医疗有限公司

美敦力（上海）有限公司

罗氏诊断产品（上海）有限公司

项目资助：

国际自然基金会

上海市科委

前　言

复旦大学内分泌糖尿病研究所和复旦大学附属华山医院糖尿病专家团队自编、自导、自演自拍的糖尿病科普电视连续剧"抗糖路上爱相伴"于2011年问世以来，共出版了5版，迄今为止发行10万余套，视频网站点播超过500万次。在抗疫期间将电视剧改变成幻灯片在头条网络播出，首日观看视频超过3万。众多观众观赏电视剧后来信、来函赞扬电视剧寓教于乐、与时俱进，开创数字化糖尿病防治教育的先河，并建议出版剧本。

本书旨在将出版4次修改的剧本，配以剧照图片以及代谢性炎症综合征卡通片，并可应用二维码观看全集，以便读者快速系统地了解剧情及相关科学知识。

目　录

第一集

1　订婚宴前夕，突然深昏迷 ………………………… 002

2　确诊糖尿病，参加俱乐部 ………………………… 023

第二集

3　血糖控制佳，还是要分手 ………………………… 030

4　老同学回沪，表示爱慕情 ………………………… 038

第三集

5　超市食品多，不能随便购 ………………………… 050

6　茶室情谊浓，前嫌趋冰释 ………………………… 060

7　糖尿病饮食，烹饪也重要 ………………………… 063

第四集

8　咖啡馆巧遇，实在是难忘 ………………………… 074

9　晋升副总监，兼职俱乐部 ………………………… 076

10	预防糖尿病，大庆创新例	080
11	回国看妈妈，思念女同学	084
12	快走微出汗，强度正正好	087
13	餐厅佳肴多，分清红黄绿	089
14	邀见老同学，深表爱慕心	099

第五集

15	血糖控制好，照样拿冠军	104
16	降糖药物多，但需合理用	107
17	运动形式多，科学和安全	115

第六集

18	足病教育片，丽丽演旁白	120
19	糖尿病肾病，血透和腹透	129
20	一藤四苦瓜，整合一起抓	136
21	防治要结合，关键在基层	141
22	有志者事成，有情人成婚	145
23	伉俪八载余，义拍献爱心	155

参考文献 ………………………………………… 162

第一集

扫码观看视频

1. 订婚宴前夕，突然深昏迷

某日下午，复旦大学附属华山医院急诊室门口，响起救护车急遽的铃声，一辆救护车倏然而至。车门打开，抬下一位深度昏迷的年轻病人张强（强强），同时，随车下来一位女青年，她叫孙丽，是病人的女友，面带紧张和焦虑。

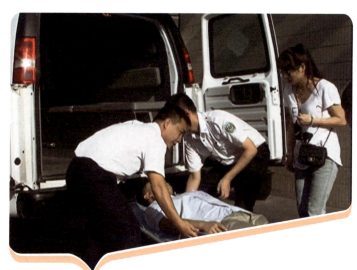

强强突然昏迷，由救护车送至医院

病人被推进抢救室，安置在急救床上，护士进行输氧操作等。（伴心跳音乐）

1. 订婚宴前夕,突然深昏迷

急诊科医生和救护车医生交接。

急诊科吴医生:"这个病人什么情况?"

随车医生:"一刻钟前被朋友发现倒在家中呼之不应。"

急诊科吴医生:"他在车上测过些什么?"

随车医生:"血糖很高。"

急诊科吴医生:"生命体征怎样?"

随车医生:"血压、心律都正常。"

急诊科吴医生听取随车医生介绍病情

急诊科吴医生来到急救床边(拍击病人肩部):"张强,张强。"

(病人昏迷,没有反应。)

"这个病人给他上了心电,注意监护,查血糖、糖化指标。"(向护士下完医嘱后走出抢救室)

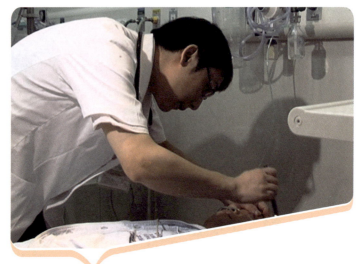

吴医生仔细观察病人

抢救室门口，孙丽神色焦虑、紧张，手里反复揉纸巾。看急诊医生走出抢救室，她急忙迎上去。

孙丽："医生，他怎么样了？"

急诊科吴医生："你是他什么人？"

孙丽："我是他女朋友。"

急诊科吴医生："他是什么时候开始不舒服的？"

孙丽："前段时间来看过一次医生，本来叫他做化验，但他工作太忙了，没有时间做。"

急诊科吴医生："他以前有没有糖尿病？"

孙丽："没有听说过他有。"

急诊科吴医生："最近还有什么别的什么不舒服？"

孙丽："最近好像他特别爱喝水，喝水比较多，还喜欢喝

1. 订婚宴前夕，突然深昏迷

吴医生向病人女朋友询问病情

可乐这种甜的糖水饮料。"

急诊科吴医生："我们要做进一步的检查，看他到底是什么情况？你把他家属都叫过来。"

孙丽："好的。"

急诊科医生匆匆离去。孙丽拨打手机，脸色严峻，打电话给张强的外婆。

外婆："喂，丽丽呀，怎么啦？"

孙丽（哭）："强强住医院，外婆快来。"

外婆："啊，小强住医院，什么病啊？昏迷啦，噢，马上来。"

急诊科医生对丽丽说："他的化验报告出来了，血糖很高，达到 23.3 毫摩尔/升，血酮有 3 个+，糖化血红蛋白升高，血清肌酐有点高。他是糖尿病昏迷，病情很严重，我要给他下一张病危通知书,你尽快叫他家里人来。"

急诊科吴医生拨打总机:"喂,你好,请帮我呼叫内分泌科闻医生。"

孙丽:"这么严重会有生命危险吗?"

急诊科吴医生:"会有生命危险的。"

闻医生和助手女医生快步走向抢救室。观察心电监护仪,对助手说:"这个病人诊断还是非常明确的,赶快收到病房去积极治疗。"

外婆和丽丽看着昏迷的强强焦急万分

哎呀,小强,小强,你怎么啦?你告诉我

这时外婆赶到,直接来到处于昏迷中的张强床边,非常吃惊和焦急。

外婆:"强强,你怎么啦?你告诉我,你怎么会这样的啦?你醒醒啊!"

1. 订婚宴前夕，突然深昏迷

外婆见到闻医生，走到正在写医嘱的闻医生边上焦急地问："我们强强怎么啦？我们强强什么病啊？为什么到现在还不醒啊？"

闻医生告诉强强外婆，她外孙是糖尿病酮症酸中毒昏迷

闻医生："他现在是糖尿病酮症酸中毒，糖尿病的急性并发症。"

外婆："糖尿病？我也是有糖尿病的。"

闻医生："你有糖尿病，是吧？"

外婆："他妈妈最近也查出有糖尿病，他为什么也有呢？与遗传有关系吗？"

闻医生："有关系。"

外婆："那他怎么会这样一下子昏迷的啦？"

闻医生："他有他的诱发原因。"

外婆："最近他可能比较疲劳啊,吃得比较多,他最近一直嘴巴比较干,渴了一直喝水,而且喝的是饮料。"面向丽丽,"丽丽是吧,他一直喝可乐,喝得很多,这是不太好吧,甜的东西嘛。他一直说我渴啊,渴啊,一直这样讲。医生,你要救救他。"

闻医生："我们会极尽全力的。"

外婆："他昏迷时间要多长时间啊,你能不能马上让他醒过来。医生,你无论如何要救救他。"

闻医生："我们会尽最大努力的。"

外婆："他还年轻,丽丽,是吧。"

闻医生："好好好。"

在抢救室门口,丽丽妈妈打来电话:"丽丽,我在咖啡馆。喂!"

孙丽："妈妈,是我。"

孙丽妈:"你怎么还不来,快来,快来。这里窗帘很漂亮的肯定适合你。快来,快来。"

孙丽:"妈妈我过不来了,强强在医院。"

孙丽妈:"啊?什么,什么?再说一遍,昏迷,有那么严重,车祸?不是,什么,什么?糖尿病?"

孙丽:"他在抢救室。"

孙丽妈:"噢噢,快来,快来,我知道了。"

急诊室门口,孙丽焦急地四处张望。远处,孙丽妈急匆匆地赶过来。

1. 订婚宴前夕,突然深昏迷

孙丽妈:"他怎么回事啊?"

孙丽:"在里面。"

孙丽:"闻医生,我妈妈来了,能不能麻烦你带我妈妈去看一看?"

"好的,好的,我们一起去看一看。"

孙丽:"谢谢你!"

三人快步来到抢救室。

孙丽哭着:"强强你快醒醒呀,妈妈你说怎么办?你醒醒呀。"

孙丽妈:"怎么啦?你说说这是怎么一回事啊。"

孙丽:"我不知道。"

丽丽妈妈埋怨女儿为何不早告诉强强患糖尿病,丽丽哭得很伤心,其实丽丽和强强都不知道何时患病的。丽丽妈妈看着昏迷不醒的毛脚女婿很是吃惊,暗暗思量丽丽嫁给强强合适吗?

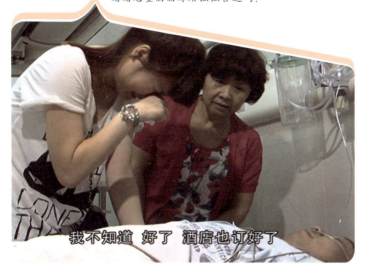

孙丽妈："好了，酒店也订好了，订婚晚宴请帖也发出去了，怎么办？你说怎么会这样？生这样的病，你为什么瞒住我。"

孙丽："我也不知道。"

孙丽妈："不会不知道吧，他陪你这么多日子。"

孙丽妈："你真的不知道？你谈的什么朋友啦，现在还说什么，还说什么结婚。现在看医生要紧，你真是昏了头，快点找医生吧。"

孙丽妈问正在书写病史记录的助手张医生："医生，他什么时候能醒啊？"

张医生："因为他情况比较危重，所以很难讲什么时候能醒，我们目前考虑是糖尿病酮症酸中毒，急性肾功能损伤，我们决定把他收入病房抢救治疗。"

孙丽妈："那有没有会有后遗症？"

张医生："目前病人病情比较危重，属于糖尿病急性并发症，如果治疗及时，问题不是很大的，不会有什么特别的后遗症。"

张强被收入内分泌病房已5个小时，很安静，能听到时钟滴答的节律声。张强躺在病床上，仍然昏迷，静脉输液，心电监护。孙丽床边陪护，打瞌睡。突然张强的手动了一下，眼睛微微睁开，手滑向打瞌睡的孙丽，孙丽惊醒。

孙丽兴奋得很："强强你醒了！"

但强强感到很疲劳，惊奇地问："我怎么在这儿？"

孙丽："你知道你睡了多久了吗？你在抢救室里抢救，你昏过去了，你吓死我了。你现在感觉好些吗？等一下，我去叫医生,好吗?"

医生办公室,张医生正在书桌上书写病史记录,孙丽跑着进来。

孙丽:"医生,张强醒了。"

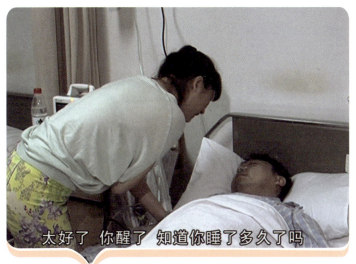

见强强已苏醒,丽丽欣喜若狂

张医生:"真的!我们一起去看看。"

张医生观察心电监护仪:"张强,现在心跳是每分钟67次,血氧饱和度是100%,还不错。现在感觉怎么样?"

张强:"没有力气,没有胃口,一点也不想吃东西。"

张医生:"张强,你已经昏迷5个小时了,你自己知道吗?我想问你一下,你昏迷前还记不记得有什么不舒服啊,比如说嘴巴干不干?想不想喝水?小便多吗?"

张强:"嘴巴挺干的,小便挺多的,最近两个礼拜晚上经常要起夜。"

张医生:"饭量怎么样啊?"

张强:"现在一点胃口也没有,医生我得的是什么病呀?"

张医生:"你得的是糖尿病,这次是酮症酸中毒昏迷了,是急性并发症才入院的。"

孙丽:"那医生接下来该怎么办呢?"

张医生:"现在给你的是小剂量的静脉滴注胰岛素治疗,接下来我们要用皮下的胰岛素治疗,等到酮症酸中毒基本消失,我们再用泵强化胰岛素治疗。"

病房配药间,护士乙正在忙碌。护士长走了进来。

护士长:"这是18床张强,需要打胰岛素10个单位,赶快去执行吧。"

这天强强与丽丽看着报纸,谈笑风生

护士乙:"好的。"

病房,张强和孙丽正在看画报,护士乙推着发药车进门,对比床头卡。

护士乙:"你是张强吧?现在由我来给你打胰岛素。"

张强:"好的,打什么地方?"

护士乙:"一般是打腹部的,因为这个地方吸收比较快,又方便。"

张强:"那我要躺下来。"

护士乙:"对!躺下来。"

护士乙将一张注射区域卡片,覆在张强的腹部并解说:"我们今天注射的是腹部。一般注射部位都在脐周,这些有洞眼的地方都是可以注射的部位,要注意脐中的部位是不能打的,要避开脐周5厘米。"

孙丽仔细观察着护士皮肤消毒,针头排气:"注射前要排气对吧?"

护士乙:"嗯,要排气。"

护士乙边注射,边介绍:"缓慢推注液,推至药液结束,然后垂直拔出来。"

护士乙:"好了,可以坐起来了。"

在病房,张强和孙丽聊天,张强气色明显好转,心情放松。体态偏胖的孙经理手持花束进来看望他的员工张强。

孙经理:"噢,张强,几天没有上班,怎么了?前两天好好的,现在怎么住院了?"

张强:"是啊。"

孙经理:"怎么样啦?"

张强:"大概有几个月吧,我有点口渴,我外婆怕我生糖尿病,要我去医院检查,前面不是忙嘛,没有来得及去查。"

张强:"前天我口渴,口干得特别厉害,不想吃东西,昏倒了,醒过来时已经住在医院里了。"

孙经理:"天哪!这么严重啊!"

张强:"医生说我是什么糖尿病的急性并发症,说什么是糖尿病急性酮症酸中毒昏迷,说这个毛病是很凶险的,说这个病严重得可以影响生命的,吓死我了。"

孙经理:"这么严重啊,那你要好好养养。"

张强:"是呀,耽误工作了,老板。"

孙经理:"那你到底是哪里不舒服呢?"

张强:"就是小便多,特别是晚上要起来三四趟。"

孙经理:"是吧?嘴巴干吗?"

张强:"干的,很干的。"

孙经理:"我觉得我嘴巴也干。"

张强:"小便多吗?"

孙经理:"晚上小便也挺多。"

张强:"哎哟,你也有这个病啊?"

孙经理:"我不知道啊。"

张强:"那你要去查查。"

孙经理:"我要去查查。"

张强:"你最近吃东西多吗?"

孙经理:"晚上吃得多的。"

1. 订婚宴前夕，突然深昏迷

张强："吃了体重增加吗？我吃了体重往下走的。"

孙经理："我也是，我也瘦了十几斤了。"

张强："哎哟，那你要抓紧时间去查查血糖了。现在糖尿病病人是很多的，我看我们周围好几个人都得了糖尿病呢。"

孙经理："那你工作就不要考虑那么多了，好好休养，工作我安排其他人做，好好休息。"

张强："好吧。"

孙经理自言自语："我觉得我也要好好去查查。"

孙丽："孙经理，慢走啊。"

病房医生办公室，主治医师杨医生问张医生："18床张强检查报告出来了吗？"

张医生："出来了，血酮是阴性的，他已经连续3天都

胰岛素泵可持续间断地在皮下注入胰岛素，有利于更好地控制血糖，但是病人必须清醒。这天强强同意接受胰岛素泵治疗

是阴性了。"

杨医生:"那可以给他上胰岛素泵了,待会就给他上。"

张医生:"好的。"

在病房,张强半躺在床上,孙丽坐在床边。

孙丽:"嗯,说是今天要给你上胰岛素泵了。"

张强:"那是什么东西啊?"

孙丽:"我也不是特别明白。"

张医生:"张强,我们今天来给你装胰岛素泵了。"

张强:"医生,胰岛素泵是什么东西啊?"

张医生:"等一下,我给你看一下。"

张强:"什么是胰岛素泵?胰岛素泵有什么好处吗?"

张医生:"我给你看一下,这个就是胰岛素泵,它能够24小时持续地把胰岛素供应到你身体里面。有一个基础的胰岛素量,还有在饭前可以给大剂量的胰岛素量,装上胰岛素泵以后就24小时戴在身上了。"

张医生:"相对来说,它还比较方便,对血糖控制比较好。控制血糖比较平稳,而且还可以避免出现低血糖,能够提高生活质量。对你这种血糖比较高的、有并发症的病人我们推荐使用胰岛素泵。这样对你控制血糖比较有利。但是急性酮症酸中毒昏迷时不能用胰岛素泵。张医生(转过身):"张强,接下来我们开始安装胰岛素泵了,我们一般选择的位置是肚皮,除肚皮以外,大腿外侧、臀部上面都可以选择,不过我们一般选择肚皮比较方便,所以你要躺下来。"张医生一边操作,一边说:"你把肚皮露出来,一般我们选择肚皮下面一点部位,我们开

1. 订婚宴前夕,突然深昏迷

始装了,把皮肤捏起来一点,我们可以平行进针。注射针留在皮肤下,并粘上保护膜,一直把胰岛素泵按钮揿到 8.0 的单位。现在大致是 8.0 的单位,揿一下确认键。这样,胰岛素就开始输注了,这个是显示胰岛素输注的单位数。一般,胰岛素泵可以放在口袋里,随身携带。可以坐起来了,没有关系的。"

张医生:"你看看有没有影响你活动。"

张强:"医生,用这个东西平时要注意些什么?"

张医生:"是这样的,首先看到这个界面,说明它在正常工作,如果旁边出现圈圈,提示有问题存在,你先要检查管路是否通畅,而且这个管路一般是 3~5 天换一次。这是放胰岛素泵的地方,你在使用胰岛素泵的时候要注意,尤其是扎针的地方有没有感染,肿啊、红啊、痛啊。如果有这样的情况要把针拔出来,重新换一个位置。胰岛素泵要避免碰到水,避免高温,比如 40℃以上,这样会使胰岛素变性失效。基本就是这些注意事项。"

孙丽:"哎,医生,你说不能碰到水,那洗澡怎么办?"

张医生:"洗澡的话是这样,我们先把泵暂时停掉,按 ACT 键把箭头移到暂停这一栏,再按一下确定,显示暂停界面,再按一下 ACT 胰岛素泵就暂停了。接下来我们就要通过这个快速分离器把这个管路分开,你要洗澡的时候只要拧一下,拔下来就可以了,然后用干净的纱布把这个头包起来放在旁边,然后这个用一个干净的敷贴贴在肚子上就可以了,等你洗完澡之后再装上去。等连接好以后,要恢复胰岛素泵的使用。现在是暂停的界面,按一下 ACT 它会显示恢复输注,那么再按一下 ACT，这个圈圈就消失掉了，又恢复到最开始的界面，说明胰岛素泵已经正常运作了，就是它这个里面没有什么圈圈了就好了。"

孙丽："好的。"

在常熟路和巨鹿路交口处的餐厅举行孙丽的生日宴。孙丽父母、表姐雯雯、表妹珊珊等参加。

孙丽母起身举杯："来！雯雯、珊珊和丽丽，谢谢今天为我女儿的生日大家来（大家举杯起身）。大家干杯。"

众口："谢谢。"

孙丽妈："今天请大家来聚一聚，一是庆祝她生日，还有一个就是希望大家劝劝我女儿，对强强的事大家讨论一下怎么办？我对她说，她总是不听，希望大家发表意见劝劝她。这个

生日宴会上丽丽妈妈希望丽丽放弃和强强结婚，并鼓动亲朋好友劝劝丽丽

以后怎么办？有孩子了怎么办？

婚姻怎么办？以后怎么办？关于强强今后的问题怎么办？要从长远利益考虑。"

孙丽妈对着孙丽父："你说呢？你怎么不说话？"

孙丽父："对，听听大家意见。"

雯雯："我以姐姐身份劝劝你，姐姐是过来人，我确实觉得强强蛮优秀的，你们今天走到这一步也是不容易，但是毕竟婚姻是件大事情，以后要为自己考虑考虑，他这么年轻生这个病……唔，糖尿病大家都知道的，没好办法治，说不定要一辈子都吃药。以后怎么办？还要过几十年呢！对不对？虽说糖尿病不是什么恶性肿瘤，但是他这么年轻，对不对？你想一般糖尿病都是四、五十岁，他才多大啦，而且听说这种慢性病要吃一辈子药，你要做好心理准备，你们万一结婚以后有孩子，他得长期吃药该怎么办呀？"

孙丽妈："他生了糖尿病，你们有爱情，没有面包，这不行的。男同志是家庭的支柱，身体不好，以后……"看着孙丽低头不语，语气变得温和些，继续说："你看雯雯说得多好，你要听听她们的。"

珊珊："姨妈、姨父，我觉得我和强哥也接触很长时间了，我觉得他人品是很好的，大家都知道他学习也很好，在事业上他现在也算小有成就，家庭条件也不错，父母都是中科院院士。糖尿病也不是什么绝症，丽丽姐姐她现在……你让她一时半会放下，也没这么容易，我觉得还是慢慢来吧。"

孙丽随着父母和表姐妹的谈话，不由自主的回想和张强相处的快乐和幸福：大三生物系邀请大四电子工程系连续3年全

那天强强在图书馆准备毕业论文,丽丽悄悄地站在强强对面,为强强画头像。

充满着激情,不到3分钟,头像惟妙惟肖画好了

1. 订婚宴前夕,突然深昏迷

系考试成绩第一的学习尖子介绍学习经验,听着仪表堂堂的张强朴实无华的经验之谈,突然觉得自己心跳加快,结束时还不着边际地问了个问题,并与他谈了几分钟。夜深人静时强烈地感觉到他就是"白马王子"。接着两个月有意无意地见面,她感觉到张强对自己有意,但是不敢主动表白。最后还是她出招点穿了窗户纸。

当强强看到头像后,四目碰出火花时,他们是一见钟情,坠入爱河。强强工作非常出色,挺忙,最近他父母出资购买的两室一厅的房子在装修,累到了。在此困难时期不能离开他,也不可能将自己亲手培育起来的爱情幼苗毁在自己手里。她回过神来表示:"和强强在一起以后,好几个生日都是强强陪我度过的,现在他还在医院里,今天要不是妈拉我出来,这个生日我一点也没有心思过。妈妈要我提出分手的事情,我觉得我真的真的做不到,妈妈也好,爸爸也好,你们都是为我好,但是我觉得……我觉得还是妹妹说得对,糖尿病毕竟不是不治之症,还是可以治疗的……"

孙丽妈:"不对的,你说得不对的,强强这个人我也很喜欢,你们也知道,对吧?他也对我很孝顺,我也对他好。但是你这个说得不对,生活得现实点,以后怎么办?有孩子了怎么办?年纪大了怎么办?发生并发症怎么办?失明了怎么办?肾脏有病怎么办?我不懂,但这些常识我是了解过的。"

雯雯:"丽丽,我看阿姨这么伤心,我也于心不忍,可是要你跟强强这么快分开,也有点强人所难。要么这样吧,丽丽,你先别急,嗯,先把医院里的张强照顾好,但是千万别提

结婚的事了,一切慢慢来吧,你说呢?结婚的事就先别提了,对吧?"

众口:"对,对。"

雯雯:"我们也是以过来人的身份想好好和你说说,再说阿姨也是为你好,你也考虑考虑吧,他们年纪也这么大了。"

孙丽:"姐姐,我知道你们也是为我好,可是我心里真的是……这种感觉你们是不明白的,我说不出来。今天是生日,我也不想多谈这个话题,你们给我点时间,让我好好想一想吧,让我快快乐乐安安静静地过这一个已经对我来说很无奈的生日吧,好不好?妈妈,好不好?给我点时间吧。"

孙丽妈:"好吧,就不说这件事情了,大家祝贺生日吧。祝丽丽生日快乐!"

孙丽:"谢谢大家!"

2. 确诊糖尿病，参加俱乐部

科主任查房，带领各级医生、学生走进张强病房，杨医生告诉张强："今天我们胡主任来查房，你昏迷时胡主任来看过你，那时你还没有醒。"

胡主任："张强，我看你恢复得很快。杨医生，他最近血糖有什么变化吗？"

杨医生："最近这两天他情况还比较好，血糖也在平稳下降之中，基本上在 10 毫摩尔/升左右，有一些入院时检查的报告已经有结果了，C 肽也在正常范围内。"

胡主任："张强，刚才主治医生都说了，按照你的情况我也谈一点我的看法：你现在诊断是 2 型糖尿病，你的妈妈也是 2 型糖尿病，有明显的糖尿病家族史。另外呢，我们也给你查了胰岛素抗体等一些指标，结果这些抗体都是阴性的，1 型糖尿病抗体多半是阳性的，所以我们诊断你是 2 型糖尿病。关于将来治疗呢有很多事情，包括合理药物应用及科学的生活管理，杨医生会详细对你讲，我们希望你参加我们这里的蓝光糖尿病俱乐部。在俱乐部里，糖友们经常交流防治糖尿病的经验，你的外婆是糖尿病俱乐部小组的组长。"

强强和丽丽异口同声地回答："谢谢胡主任的诊断，我们

主任查房确定强强患2型糖尿病,建议强强参加糖尿病俱乐部

参加蓝光糖尿病俱乐部。"

次日,孙丽给张强按摩肩部,珊珊来探望。

珊珊:"丽丽、张强,你们都在呢,今天好很多了,看上去气色不错呀。"

孙丽:"他老躺着这里不舒服,所以给他按摩一下。请坐,坐啊,姐姐你先坐一下,陪他一会儿,我去超市买点东西,顺便捎点水再回来。强强你乖点哦。"

珊珊:"张强,你看上去气色挺好。"

张强:"是呀,好多了,主任来查过房了,说确诊为2型糖尿病,我外婆、我妈妈都有糖尿病,有遗传因素的。"

珊珊:"你也别担心了。"

张强:"是呀,丽丽过生日也没来得及去,昨天活动怎样？聚会热闹吧？"

珊珊:"挺热闹的,来的人挺多的,大家都挺开心的。不过我感觉大家都有点心事重重的样子。"

张强担心丽丽的妈妈有什么说法:"因为我吗?"

珊珊心情沉重地说:"我感觉是这样的。"

珊珊跟张强讲起丽丽的生日会

珊珊:"丽丽,买这么多水呀,谢谢。"

孙丽面对张强说:"你不能吃甜的,你只能喝白水,以前喝那么多可乐,现在不能喝了!"

珊珊:"你照顾得那么周到,哎呀,丽丽,时间不早了,我得回去了。"

孙丽:"再坐一会儿。"

珊珊望着张强:"好好休息,下次来看你好吗?别再担心了，一切都会好的。"

孙丽将珊珊送到门口："我不送你了，再见。"

丽丽回到张强床前，发现张强神色不对："你怎么啦？"丽丽看着张强低头不语，猜想珊珊可能透露了妈妈的态度，便追问道："不对，肯定有事，到底怎么啦？"

张强抬头凝视孙丽："家里是否还有顾虑啊？"

强强得知准丈母娘不同意婚事后心里非常难过和矛盾

孙丽嘟着嘴："家里啊，你现在想这么多干什么，你好好养病才是。再说了家里是家里，结婚是我们两个人的事情，关家里什么事情啊，不要想那么多，好不好？"

说着拧住张强的面颊："笑笑，笑笑。"见张强勉强作笑，她理解强强的心情，便鼓励强强："这就对了嘛，再笑笑，不要想那么多，好吗？"

2. 确诊糖尿病，参加俱乐部

丽丽猜想珊珊透露了妈妈的意见，了解强强的心情，赶紧以真情安慰强强

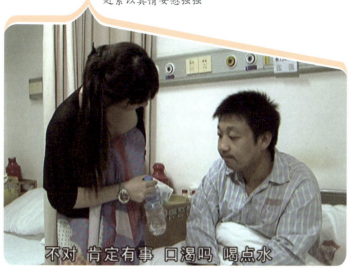

不对 肯定有事 口渴吗 喝点水

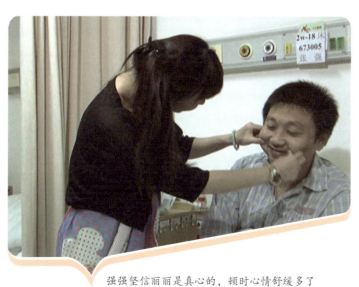

强强坚信丽丽是真心的，顿时心情舒缓多了

第二集

扫码观看视频

3. 血糖控制佳，还是要分手

外公、外婆来到病房，问强强："这些日子住下来，你好多了吧？"

强强回答："好多了。"

外公、外婆："现在打几针啊，本来打4针，现在打2针了，是吗？"

外公、外婆看到强强药物用量明显减少很是宽慰，但是对他出院后不久就要赴美国很是担心

出院前血糖控制挺好的 所以改为每天打2针

3. 血糖控制佳，还是要分手

强强："嗯，打2针，应该说情况很好了，所以改为一天打2针了。通知我最近要出院了。"

外公、外婆："出院前血糖控制挺好的，所以改为一天打2针。到美国去行不行？我们有点担心的。"

强强答："没问题的！"。

"那么远。"外婆还是担心。

强强安慰道："这么多糖尿病病人，大家都走的呀。"

外婆："人家身体好的，你生过糖尿病酮症昏迷的，多严重啊，我不放心，外公也不放心，你跟他说呀，你要注意血糖测量，防止低血糖。"

外公叮嘱道："对，一定要监测血糖。"

"没问题，等一会儿杨医生也会过来的，没关系的。"

"我不放心的，待会杨医生来，我一定要问问他。"

杨医生来看强强。

外公、外婆："杨医生好。"

杨医生："你们是张强的外公、外婆，对吧。你们好。"

外婆："杨医生，我代表全家要谢谢你，非常感谢，强强好得那么快，都是你们的功劳，你们辛苦啦！杨医生，我主要担心他现在治疗得挺好，到美国去行不行啊？因为单位派他出差到美国去，我很担心，那么远的路程，对病情有影响吗？"

杨医师肯定地回答："糖尿病是慢性疾病，要学习和疾病和平共处，这个病不影响他出国工作或者出国旅游，都可以去的。但是在旅游和工作过程当中要特别注意血糖的监测，按时注射胰岛素，要注意低血糖的防治，这方面要特别重视。他出院的时候我们会给他做一个全面的出院宣教,其实有很多知识病人已经知道了。"

外婆:"你们想得非常周到,谢谢,强强,杨医生叮嘱你的话你都要记住啊。"

出院那天回到住处,当丽丽离开后,夜深人静,张强沉浸在近两年的爱情旅途回忆之中:

庆幸那天生物系介绍学习体会后,丽丽上台称赞了两句并问了些问题,让我有机会近距离看了她一眼,并深深地烙在脑海中。晚上失眠了,其实早就知道生物系一个美女读书尖子,她走在校园里回头客挺多的,追求她的人自然不少。一般的男生不敢轻易向她表白爱慕之情。我也不能贸然表示,因为不知道丽丽啥意思。那天突然喜从天降,丽丽悄悄为我素描并签名

丽丽签字的侧面头像放在眼前,傻子也知道这是象征爱情的绣球

3. 血糖控制佳，还是要分手

的头像放在我面前，傻子都能理解这是抛给我爱情的绣球。

京城许愿，天长日久

憧憬未来，前程似锦

当时激动得马上站起来,正好与走在门口的丽丽回头的双目对视,火花如此之强烈,只有亲临其境才能体会到呀。之后的岁月充满幸福和浪漫:丽丽长得漂亮,喜欢打扮,但是不妖艳;聪明伶俐,但学习和做事刻苦努力;颜值高,但不骄。亲朋好友都认为我们是郎才女貌,天生一对。爱的轨迹印记在长城内外。

在外婆别墅院内玩耍

但是眼下困境重重,健康出了问题,准丈母娘提出让我们分道扬镳。虽然丽丽的态度很坚决,但是为了丽丽的幸福,看来只能忍痛割爱。在痛苦的斟酌中写了分手的短信"鉴于我健康情况,我觉得我们还是分手的好"。短信只有18个字,草稿纸却有十几张。想了半天,还是让外婆在我到美国后转交给丽丽。

当丽丽收到短信后非常难过和着急,打电话叫闺蜜来商

3. 血糖控制佳,还是要分手

强强含着眼泪,草稿写了十几张才完成18个字的"断交信"

看着强强那分道扬镳的短信,丽丽感到非常委屈和不理解,急召闺蜜商议

量:"喂,是我,你有空吗?过来陪陪我好吗?老地方,谢谢你,我等你。"

不久,同学沈思晗来到丽丽面前:"嗨,你在想什么呢?你怎么了?你怎么啦?"

"就是因为身体问题,他写了这封信,他就是个胆小鬼。我送他上飞机的,上飞机前他还好好的,也没说什么。等他走了以后,他外婆转交给我的,他这样做太不负责任了,就这么一走了之。"

沈思晗安慰道:"我想他这封信让外婆交给你也是因为他爱你,不敢当面跟你说分手。"

"我知道他心里也难过,因为我妈妈不同意,但不就是一点家庭压力吗,困难和压力我们俩一块面对嘛,他这样做我实

闺蜜安慰道:强强写信是为了不拖累你呀

在接受不了。"

"他不想拖累你嘛,他好像不是一两个多月就回来了嘛,到时候再当面问问他嘛。"

丽丽情绪平稳多了,轻轻叹气:"好的。"

4. 老同学回沪，表示爱慕情

一周后，张强在美国工作的电脑公司派出一位工程师来上海的电脑公司。上海公司的经理接待了他。

"嗯，吴永鹏先生，很高兴你能到上海来，你今天上午做的关于美国方面的工作报告非常好。""是吧，承蒙夸奖。""你从那边过来，张强去了美国一个礼拜，他那边情况怎么样？"

"张强到美国之后，应该说他的工作、生活还是受到照顾的，因为公司在他来之前就已经做好安排。我在美国和张强一起工作大概一周时间，我发现张强是个非常棒的软件工程师，我们俩合作得非常好，他也非常追求完美，在软件设计方面每个工作方案都做得非常好。"

"是的，张强实际上在整个上海我认为是最优秀的软件工程师之一，我俩关系也非常好，我们经常在一起小聚，他也会带女朋友一起来。他女朋友叫孙丽。"

"孙丽？""对，是叫孙丽。"吴永鹏紧接着问："她是什么学校的？"

"华东师范大学，好像是生物系，生物系，但是非常可惜，不久前张强得了糖尿病，他个人也非常无奈，因为这个事情准

4. 老同学回沪，表示爱慕情

备与女朋友分手。"

"是吗？你有没有孙丽的电话号码？"

"孙丽的电话号码？我看一下，有的，我转发给你。"

无意中听说强强的女友是高中就暗恋的情人丽丽，吴永鹏急忙要了联系电话

吴永鹏拿到电话号码后不久打电话给孙丽："喂，你好，是孙丽吗？"

"哪位啊？请问？""我是吴永鹏。"

"吴永鹏，是不是高中同学啊？""是啊，我现在到上海了，记得我吗？"

"我们的数学课代表，当然记得了，不是，我听同学说你去美国了嘛。"

"对呀，我刚刚回到上海。"

"你是工作回上海呢,还是什么?""是公司公派,你知道我这次在美国碰到谁了吗?"

"谁呀?""张强。"

"你怎么会碰到张强啊?""他被派到我们公司来了。""他在美国好吗?"孙丽赶紧问。

"那,这样吧,你找个地方,我们出来见面聊一聊好吗?"

"好好,好的,那就晚上吧,就在巨鹿路口那家咖啡馆。""OK,晚上见。"

老同学见面:"那么多年你一点都没有变。"

高中同学吴永鹏在美国与强强居然是同事,世界真是太小,丽丽兴冲冲去见老同学

"是吗,我觉得比原来还瘦了一点,你现在怎么样?"

"学校毕业以后就考了研究生,算是在职研究生,学

4. 老同学回沪，表示受慕情

生物。"

"我记得你原来画画很好的，怎么后来没有考美术系呢？"

"上了，上大美院的夜校，作为业余爱好，我在电话里听说你在美国碰到张强啦？"

"是呀，我们两个公司交流，他就到我们美国公司进行项目合作，那么我呢就被派到上海来，所以在美国的时候和张强一起做事情。"

"他在美国过得好吗？"

"应该不错吧，因为公司在这方面作了周到的安排，我看他在美国工作的状态也不错。"

"他去美国后就没有联系过我，我给他发 Email 也不回。你知道，经理也跟你说了，他前段时间昏迷了，查出糖尿病。那他住在哪儿？公司安排的宿舍？是单人的吗？吃饭呢？"

"吃饭没有问题，公司周围有很多咖啡店啊，还有快餐店啊，那边都可以吃饭。另外，公司里也有餐厅。"

"他得了糖尿病，这个病很多东西不能吃，饮食上要很注意的。前段时间还好，我跟张强都准备订婚了，他生了这个病以后根本就没有心思，感觉上班也就是混，学校里面只要能过得去就可以了。这段时间，生活中心基本上都在转向糖尿病方面的学习，我想知道专业知识多一点，以后可以好好照顾他。"这时孙丽的手机铃声响起："不好意思接个电话，喂，噢，我现在跟我一个高中同学在咖啡馆，你帮我找的糖尿病资料太好了，稍等一下，你不要挂啊。"丽丽征求吴永鹏意见："我有一个大学的好朋友,她帮我找了一些有关糖尿病的资料,她正好在这附近,能不能请她过来?""没关系,你请她过来吧。"胡永鹏答。

丽丽介绍:"这是我高中同学,刚从美国回来,叫吴永鹏,这是我大学的好朋友叫沈思晗。"

"你好。"吴永鹏很有礼貌地与沈思晗轻轻地握手,然后坐下。沈思晗忍不住多看一会儿吴永鹏,觉得他风度翩翩,很想跟他聊聊。

沈思晗面对风度翩翩的吴永鹏忘记了松手

而此时丽丽在问吴永鹏:"你女朋友或太太来上海了吗?"

"还没有女朋友呢,我父母建议到上海来找。"

"肯定有不少女孩子追你吧,你那么优秀,到现在还没有,肯定是眼光过高。我觉得你和她一样,她也是眼光好高,到现

4. 老同学回沪，表示爱慕情

在为止，好几个男孩子追她，她都不感兴趣。说什么想出国，我觉得我周围的人都是眼光很高。"

"思晗，今天你怎么老走神？资料带来了嘛？"思晗这才回过神来，拿出糖尿病杂志给了丽丽。看了一会儿，丽丽突然想起要见强强外婆，忙说："不好意思，我们很久没有见，光顾说话了，这是糖尿病宣传材料，时间也差不多了，因为晚上张强外婆参加了上海一个糖尿病俱乐部，我想去看一下。"吴永鹏站起来说："好的呀，下次糖尿病俱乐部活动我也去参加一下。"

丽丽到了外婆家。外婆在门口迎接："啊，丽丽来了，外公，丽丽来了，欢迎欢迎，进来吧。"外公问："谁来了？""丽丽来了，来就来吧，干嘛带东西啦。""没有什么，我听妈妈说灵芝孢子粉对提高免疫力有好处。""谢谢，丽丽都想着我们老人，坐坐。""外婆你好吧？"

"还好，就是想啊，想强强，他有信给你吗？"丽丽委屈地说："外婆你也知道他去美国前托你转给我一封信，他上面写的内容你知道吗？"外婆解说道："我想这不是他心里话，他不可能要与你绝交，绝对不可能，你千万不要相信他这个短信，他心里有你，就像我们心里有你，我们支持你的。可是，他也是不得已，因为爱你，想你，才会这么做的，对吧，要不然干嘛呢，他想不拖累你，他很痛苦，有时把自己关在房间里就是不出来，他就是想你呗。"

"可是他去美国那么久了，我发 Email 给他，联系他，他就是不理睬我。"外婆对外公说："你要帮着把这个事情搞

外婆安慰丽丽,强强和外公、外婆都喜欢丽丽

好",然后对丽丽说:"我也会打电话与他联系,把他的联系方式给你,你放心好了,我们都很喜欢你,你放心。"

在内分泌科病房,吴永鹏母亲因糖尿病住院,李医生带组查房。

吴母:"李医生早。"李医生:"你好。"赵医生(汇报病史):"这是一个初发2型糖尿病,这次来主要是反复感冒。这次体检发现空腹血糖8.2毫摩尔/升,她的糖化血红蛋白是7.8%。"

李医生:"根据赵医生汇报的病史,根据你的情况,我们可以初步确诊你是糖尿病,而且是2型糖尿病。"

吴母:"医生,怎么会呢?我觉得我好像没有什么症状啊?就是有点容易感冒。"李医生:"2型糖尿病呢,症状不一定

4. 老同学回沪，表示爱慕情

吴永鹏妈妈住院，主治医师分析病史

反复感冒 这次体检发现空腹血糖8.2毫摩尔/升

根据你的情况我们可以初步确诊是糖尿病

李主任告诉吴母诊断为2型糖尿病，以生活干预为主，就可控制血糖

很明显，病人往往不知道自己有糖尿病。像你一样，测血糖才发现自己有糖尿病。至于2型糖尿病的病因有很多，对你来说，家族史可能是原因之一，因为你妈妈有糖尿病。另外的话，随着现在经济的发展，生活方式的改变，人们往往吃得太多，而运动消耗太少。像你的体质指数，算下来是超重的。所以往往随着年龄增长，这种情况容易得糖尿病，血糖会升高。"

吴母："李医生，我既然得了糖尿病，我今后要注意些什么？"李医生："目前的话，情况不是很严重，还是比较早，比较轻的。通过你的饮食治疗，增加运动量，我们会给你一些药物，这样的话，对你的血糖会有所帮助的。"

两个多月后强强回到上海参加蓝光糖尿病俱乐部。俱乐部设置在医院工会俱乐部，外婆是糖尿病活动组组长，主持今天的活动："今天是我们蓝光糖尿病俱乐部的活动，今天有好几位新的病友加入我们俱乐部"。

"我首先介绍一下3位新的病友：这位是王老师，新参加的，这位是陈老师，这位是于老师。另外我要介绍一下张强，是我的外孙，他在两个月前发现了糖尿病，这次刚从美国回来，这是他的女朋友，孙丽。"

外婆继续介绍："他是我们的顾问，闻教授。我们俱乐部热烈欢迎几位新人员。接下来我们谈谈俱乐部具体的活动情况：因为目前的形势，从国际上来讲糖尿病患病率很高，联合国对糖尿病特别重视，联合国原秘书长安南先生，特别提到全球各国要加强联系，共同抗击糖尿病。我们国家对这个病也特别重视，因为我国成人的患病率已经达到了9.7%。我们卫生

4. 老同学回沪，表示爱慕情

外婆介绍一下3位新的病友

这位是王老师 这位是陈老师 这位是于老师

两个月前发现了糖尿病 这次刚从美国回来

外婆介绍强强和丽丽参加糖尿病俱乐部

部部长陈竺先生，他在联合国召开的全球慢性病防治大会上代表中国政府作报告，提出了慢性非传染性疾病实际上是威胁人类健康的更主要的因素，诸如糖尿病。中国正在构建中国特色的慢病防治体系。"

外婆接着说："我是一个糖尿病病人，发现到现在已经有20年了，20年来也走了不少弯路，其中有一个问题，就是怎样'吃动平衡'。'吃动平衡'的学问是很大的：在餐厅怎么吃？在家里怎么吃？到菜场怎么买？到超市怎么买食品？买回来以后怎么烹饪，烹饪也是关键啊。油应该放多少，盐多少。我准备带领大家一起到超市，到餐厅和厨房看一看，怎么吃？怎么买？怎么烹调？"

第三集

扫码观看视频

5. 超市食品多，不能随便购

上海一家大型超市，复旦大学附属华东医院营养科主任孙教授正在现场解答糖尿病病人及家属们提出的怎样购买糖尿病食品的问题。

"这些蔬菜我们可以吃吗？"外婆问。

"可以的，这些都是绿色蔬菜，营养很好。"

外婆拿了一把橄榄菜问："这个蔬菜挺好的吧？"

绿色蔬菜多买点，每天吃0.5千克以上

孙教授肯定地回答:"这个菜不错,蔬菜也有深色蔬菜和浅色蔬菜之分。像这个就是比较浅的蔬菜,大白菜。像这一类就是深色蔬菜。我们从营养学上来讲,深色蔬菜的营养价值,维生素的含量,抗氧化物含量要比浅色蔬菜高,所以深色蔬菜要占到一半以上。"

"那我就拿一个吧。"外婆将橄榄菜放入推车上。

"孙教授,这里是南瓜,我们糖尿病病人可以吃吗?"

南瓜膳食纤维比较多,营养成分也比较多

"糖尿病病人南瓜是可以吃的,因为南瓜膳食纤维比较多。另外,你看,红的绿的,里面的营养成分也比较多,含有一些胡萝卜素、番茄红素,不错的。但是糖尿病病人在吃南瓜的时候,有一个要注意的,南瓜要当成主食来对待,不能作为蔬菜。如果吃 500 克南瓜就比较多了;如果吃 100 克南瓜,就相当于半两主食。"

100克南瓜相当于半两主粮

南瓜要当成主食来对待 不能作为蔬菜

"孙教授，苦瓜好不好啊？"

"挺好的，挺好的，苦瓜有清热解毒作用。另外，苦瓜里面含苦瓜碱，对糖尿病调节血糖挺好的。"

"孙教授，这类东西我们能吃吗？"

"这类东西都是淀粉含量多的，像土豆、芋头、红薯等，糖尿病病人是可以吃的，吃的时候要替代主食。这是土豆，这样的两个土豆基本上相当于一两米饭。假如，吃二两米饭，一半的米饭就要扣掉了，如吃这两个土豆，再吃一两米饭就可以了。"

"孙教授，胡萝卜和白萝卜，我们糖尿病病人能吃吗？"

"能吃的，胡萝卜是不错的，虽然胡萝卜的血糖指数比较高，有70，但是不要以为胡萝卜我们就不好吃，胡萝卜里面

5. 超市食品多，不能随便购

苦瓜里面含苦瓜碱，有清热解毒作用，有利于降糖

淀粉含量很少的，所以它的血糖负荷是很低的，膳食纤维又多，维生素又多。所以，胡萝卜是很好的，很健康的食品。"

"行，挺好的，我们买一些。"

丽丽问："我们都特别喜欢吃提子，很小，很甜，像他们糖尿病病人可以吃吗？"

孙教授告诉大家："葡萄，尤其是红提，在水果中是二线的选择，为什么呢？葡萄，尤其是红提要少吃，因为一个是糖分比较高。另外，血糖指数也高，血糖负荷也高。因此，这些水果比较起来，红提要比苹果、梨控制得严格一点。因此，她们插了一个黄旗子。"

丽丽有点担心地问："梨感觉也很甜，糖分没有这个高吗？"

虽然胡萝卜的血糖指数有70，但淀粉含量很少，故血糖负荷是很低的，膳食纤维又多，对糖友来说是很好的食品

孙教授回答道："像这样的梨，血糖指数很低的，都属于低血糖指数的水果，如果要吃水果，有很多品种像梨、苹果、橙子都不错的，一天100～200克，小的2个，大的1个。"

"孙主任，西瓜、哈密瓜我倒是比较喜欢吃的，现在得了糖尿病还可以吃吗？"强强问。

"西瓜、哈密瓜糖分都比较高，比较甜。因此，血糖指数比较高，但是有一个特点：西瓜水分很多。因此，你吃100克、200克是可以的，但是如果你吃半个西瓜或一个西瓜就太多了。因此，在水果中，我们也分一线、二线的：一线的，像梨、苹果、胡柚这一类的，是血糖指数低的；二线的就像这一类，哈密瓜、西瓜要控制吃。"众人恍然大悟。

5. 超市食品多,不能随便购

葡萄 尤其是红提 在水果中是二线的选择

葡萄,尤其是红提,血糖指数高,血糖负荷也高,要少吃

像这样的梨,血糖指数很低的,都属于低血糖指数的水果

糖分没有这个高吗?没有这个高 像这样的梨

哈密瓜、西瓜属于二线水果，要控制吃

外公指着一对盐腌海鲜问："这些海鲜东西能吃吗？"

孙教授告诫大家："这一类盐腌的东西都是不太健康的。一个问题你看它盐分含量比较高，另外一个腌的时间比较长的，很多颜色像鱼啊，肉啊，都已经发黄了，说明脂肪都已经消掉了。另外，这是开架的食品也不太卫生，保质期也看不太出来。所以要吃海鲜，也是吃新鲜的比较好。"大家点头称是。

"孙主任，像我这样，红肠一类食品，糖尿病病人以后可以吃吗？我平时非常喜欢吃这类食物。"孙经理问。

"这不是一个健康食品，里面有香精、食品添加剂。应该吃一些新鲜的，比如肉、鱼。新鲜的食品有几个要求：第一以新鲜为好；第二以简单加工为好；第三以天然为好。这一类加工食品能不吃就不吃。"

5. 超市食品多，不能随便购

此类盐腌品盐分含量比较高，脂肪多已消掉，属于不太健康食品

病友指着货架上的腌制品问："孙教授，这些东西糖尿病病人可以吃吗？"

孙教授建议："这一类食品都属于腌制食品，糖尿病病人要少吃，我认为是属于控制的，尽量少吃为好。"

来到奶制品专柜，孙教授认为："奶制品是健康食品，含有钙、蛋白质，尤其是中老年人，每天要喝400～500毫升的奶制品。在奶制品的选择上，中老年人以选低脂的为主。另外，像酸奶，选原味的比较好。"

病人听后点头："这一类食品是适合我吃的，要原味奶制品还是比较健康的，这是原味的，但是孙教授这里面有白砂糖的怎么办呢？"

孙教授严肃地指出："关于糖尿病病人不能吃糖，这也是

一个误区。研究表明，糖尿病病人可以适量吃一些糖，比如炒菜的时候、调味的时候。"

病人惊讶地问："可吃少量的糖，那多少量呢？"

孙教授："一般认为，每天10克以内的白砂糖都是没什么问题的，切记不要去喝糖开水，不要去吃太甜的糕点，这类食品像高糖的甜饮料。烧菜、做酸奶的时候，放一点糖调味，这也是可以的。"

"我可以吃这个啊，这个可以吃，那我拿一瓶。"外婆取了一瓶原味酸奶。

在面包糕点柜台前面，外公问孙教授："我们吃早餐时，您看哪个面包可以。"

"这个全麦就不错，这是一个全麦面包。这个面包里面有燕麦，有芝麻，有果仁，比较黑的黑面包叫全麦面包，这个血糖指数低，膳食纤维高。所以对降糖、降血脂都不错。"

又问："这一包呢？"

"这个长棍面包也不错，这个长棍面包油加得很少，因为很多面包，如果是奶油的，加了一些黄油进去就油了。像这样的长棍面包，蛋白质含量也是比较高的，但是比较硬一点，可以放在牛奶里泡一下。"

外婆："那我们都拿一个尝尝，都拿一个吧，回去放在牛奶里面泡一泡，好的。"

孙教授接着介绍："像馒头啊、花卷啊，杂粮都不错，像荞麦的、玉米的，都挺好的，属于中式的主食。"

"孙教授,这些豆制品,糖尿病病人可以吃吗？"沈思晗问。

5. 超市食品多,不能随便购

孙教授:"豆制品是健康食品,糖尿病病人可以吃,健康人都可以吃,豆制品种类是比较多的:豆腐啊、豆腐干啊、素鸡啊,都是绿色食品,每天都要保证有100克这样的豆制品。但是有一些豆制品油炸过的,相对来说,它对健康就要减分了,这一些就要少选一点。同样是豆制品,建议吃这些没有经过油炸的。"

众人道:"哦,我们知道了,豆制品是可以吃的,但是要分别对待。"

6. 茶室情谊浓，前嫌趋冰释

外公、外婆、张强和丽丽在茶室。外婆说："丽丽，这次参加了活动以后，来谈谈。我心里是很高兴的，丽丽，你几次来参加我们糖尿病的活动，我知道你心里还是有张强的。强强在你心目中应该不会有什么退步的印象，为什么这样，这次他写信给你，绝不是为了跟你断绝关系。你知道，外婆挺喜欢你，也喜欢强强。因为我觉得强强念书，从小到大都是很优秀的，

外公、外婆、丽丽和强强在俱乐部活动结束后在茶室交谈

6. 茶室情谊浓，前嫌趋冰释

现在在事业上，出国也是挺好的。听他们经理说他也得了什么什么的（奖），我也不太懂。但是现在半路上"杀"出来一个病，糖尿病，因为我本身是糖尿病病人，你现在也来参加活动了，也掌握了这方面知识了，糖尿病是能够控制的，你说对不对？所以说强强对你的爱从来没有磨灭过。他是不得已的情况下才跟你写这封信，他也是因为爱才这样做，你能理解吗？"

外公接着说："丽丽，你知道，外婆得糖尿病已经20多年了，我们两个人也配合得挺好的，从饮食方面、生活方面、运动方面都证明糖尿病是能控制的。所以，强强的病呢，其实问题不是很大，最重要的是，我觉得你们两个很般配，我们心里很喜欢你，所以希望你们俩和好如初。"

外婆拿着茶壶说："丽丽，我们觉得这是暂时的，会慢慢

外婆和外公希望强强和丽丽和好如初

好起来的,我相信你也不会就此停止了对张强的爱,不可能吧?来,我给你倒点水。"丽丽突然回过神,站起来,今天她身着淡红色旗袍,尽显曲线美。听了外婆、外公的一番话,脸部觉得有点发热,抢过茶壶忙说:"我来,我来。"当转身到强强面前时,却翘着小嘴瞪了强强一眼。说时迟那时快,强强忙说:"我自己来",并顺势想接丽丽的茶壶,手指刚刚接触到丽丽的手背刹那,只见丽丽茶壶的清茶已流进强强的茶杯。同时又给了强强深情的一眸。外公、外婆连声说:"好,好。"可谓冰释前嫌。

冰释前嫌,和好如初

7. 糖尿病饮食，烹饪也重要

上海交通大学医学院附属瑞金医院内分泌科护士长站在门口："你好，你好！欢迎光临！"

大家记得，孙教授说过，挑选食材固然重要，烹调方法也很有讲究。这一天，俱乐部成员来到瑞金医院的糖尿病厨房，看营养师怎样为糖尿病病人做菜。

这位厨师是瑞金医院内分泌科从宾馆请来的高级营养师："这是蘑菇片，这是香菇片，这是胡萝卜片，放点葱花进去，这里面是水，放点油。"厨师继续介绍道："我们烧菜的时候，水烧沸后，水里面放点油，烧出来的菜上面很有光泽的，少放点油，笋放进去，再放蘑菇片、香菇，最后再放胡萝卜。胡萝卜丝生的也可以吃的，所以最后放。好，水烧沸了以后捞出来，菜焯好以后再拿调羹放点油，调羹倒油，少放点油后再加点调味品。这是盐，这样烧出来的菜就有光泽。然后再放点味精，味精少放点。好，这样菜就做好了装盆。这一盆菜可以两个人吃，另外再炒个菜。"

"好香啊，不错嘛。"

"味道是很好的，很清淡很鲜的。唔，挺好吃的"，强强边吃边说："要多开水锅，少开油锅。"

多开水锅,少开油锅,水里放一点点油

放点葱花进去 这里面是水 放点油 油倒进去

笋放进去 再放蘑菇片 香菇

竹笋、蘑菇、香菇等食品放在沸水中焯一下,然后加调料即可

7. 糖尿病饮食，烹饪也重要

味道很好，清淡味鲜，够两人吃

这一盆菜可以两个人吃

这是鱼片 我们在水里汆 汆过可少放油

荤菜也可以水焯，确保少油少盐

接着,俱乐部成员又来到复旦大学附属华东医院营养科。营养师告诉大家怎样烧鱼片:"荤菜一样可以水焯,确保少油少盐,我们在水里涮,涮过不沾油,现在提倡少吃油嘛,这是用水涮的。这里面鱼片、黑木耳、葱姜没有放过油,再放点水,2克盐,少放点味精,再勾点芡。"大家再一次感受到蔬菜和荤菜都可以用开水焯。

华东医院营养科为糖尿病病人准备的午餐,孙教授进行了点评:"这是一家三口的量啊,这几个菜,我们首先看一下,有主食。主食品种也蛮多的,有3个品种了,一个是燕麦饭,刚刚说了八宝粥,也可以做成杂粮的饭,这个燕麦饭也是很好的,比如白米饭,血糖指数有80,但是加了些燕麦进去血糖指数只有50几,下降了30%左右。所以做成了燕麦饭,这

成人一日三餐,每餐这样一碗6两燕麦饭(2两主粮)

7. 糖尿病饮食，烹饪也重要

样一碗饭大概有 2 两左右，对于一个中等身材的人来说，一位男士，这样的一碗饭是需要的，一天大概吃 6 两，一碗 2 两，一顿大约这样的一碗。如果是像您这样的情况，（碗里的饭）可以稍微浅一点，（相当于）一两半的主食。

"这是八宝粥，喜欢吃粥的人可以用这样的形式，这样也是因为有些豆制品放在里面，重量大概 100 克，生的重量。还有那里有 2 个馒头、2 个花卷，花卷也是主食。花卷每一个大概就是 1 两，2 个在一起就是 2 两。还有一个特征呢，因为今天是做一个示范性的，我们华东医院也为病人提供一些粗粮的主食，这是由玉米粉和面粉放在一起，是一个粗粮花卷，这也体现了多膳食纤维。另外，也体现了低血糖指数，因为玉米粉血糖指数是比较低的。"

粗粮花卷——玉米粉和面粉混合，低血糖指数，多膳食纤维

外婆听后直点头:"很好,我们已经知道了,那我们糖尿病病人饮食主食的花色品种还是蛮多的。对,这个燕麦饭,这些全谷类的粗粮、杂粮,不单单对糖尿病病人,对健康人也要这样吃的。"孙教授强调:"多吃全谷类的,增加一些粗粮、杂粮,这也是中国营养学会发布的《中国居民膳食指南》中推荐的。"

病人家属问孙老师:"这个2两米饭,是烧成的成品,还是干的2两米?"

孙教授回答:"一般我们说,糖尿病人的食物,我们是指干的生的重量,如果是2两是指2两生的米,或者2两生的燕麦。米和饭的比例一般是1∶3。2两米就相当于6两饭,6两饭需要2两米,2两饭还不到1两米。2两指的是生米的重量,不是指成品。"

病人家属又问:"孙老师,我想问一下糖尿病病人的菜是怎么选择的。"

孙教授:"要荤素搭配比较好。从荤菜来说,可以选择瘦肉、鱼、虾、鸡这一类的,注意少吃带肥肉的,带皮的东西。从蔬菜来说呢,最好增加量,一天每人要吃到一斤蔬菜的量,如果胖一点的人,男士,最好是一斤半。这样蔬菜多了以后可以把胃的体积撑开,这样吃其他的米饭、肉啊,就可以少一点了。也可以减少饥饿的感觉了,增加饱腹感。尽量以叶菜,比如蓬蒿菜、花菜、菠菜,以叶菜为主,一般要吃到一斤,荤素搭配。"

"孙老师,我再想问一下糖尿病病人在菜肴的烹饪方面要

7. 糖尿病饮食，烹饪也重要

注意些什么？"

"要掌握两点：一个要少油，就是我们说的低脂；第二要少盐，就是我们说的清淡。要实现这两点，烹调上还是有讲究的。其中一个很重要的方法，怎样做到少油呢，就是利用水，水加热了以后，水的蒸汽来把菜煮熟。我们原来说开油锅，现在煮菜的时候叫开水锅，把水烧沸以后，这些食材比如肉啊鱼啊，放进去涮一遍，然后把水沥干了以后，加少量油，加些调料，勾一些芡，做成像汤水一样的，把食材放进去，这样水蒸气就把菜煮熟了。另外，减少开油锅了，这样食物的营养价值也好保存。比如，维生素、蛋白质都不容易变性，维生素也不容易流失，颜色也保存得比较好。比如，今天的菜都是清淡少油的，主要是靠水煮，但是样子看起来，色彩还是蛮鲜艳的。不错，挺好。"

"孙老师，我想问一下。我特别喜欢喝汤，糖尿病病人在做汤方面要注意些什么？"

"喝汤也比较好，我们也主张干稀搭配，就是干的菜搭上一些汤水，一方面促进食欲，也有助消化。我们来看，这里她们做了一个汤。这是山药，中医学认为，山药能补肾，很有营养的，加上一些枸杞，加上一些排骨，可以看出来基本上是比较瘦的排骨，带些骨头，带些瘦肉。像排骨的吃法，煮啊、蒸啊、煲汤啊，都是健康的烧法。如果排骨下油锅，做成油炸的，油就多了。这样清蒸，煲汤呢蛮不错的。当然，除了这样的荤汤以外呢，也可以吃一些素的，比如说香菇白菜汤，比如说可以吃一些豆腐和荠菜烧成羹，还可以放些冬瓜煲汤。大家尝一

干稀搭配，就是干的菜搭上排骨汤

少油少盐，味道还真不错

7. 糖尿病饮食,烹饪也重要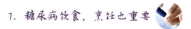

尝,品尝一下,看看味道怎么样?"

众人回答:"好,味道好极了。味道真不错,真的。"

强强接着说:"所以说,糖尿病病人的健康饮食也可以是丰富多彩的,也可以是多样化的。这是鸡丝吧,真是出乎我的意料。"丽丽也尝试了一下,连连称赞味道好极了。

第四集

扫码观看视频

8.
咖啡馆巧遇，实在是难忘

沈思晗见了吴永鹏后像是掉了灵魂，整天想着法见见他。听说吴永鹏妈妈住院了，特地来到医院。

"黄阿姨，沈小姐来看你了。"护士对吴妈妈说。

"你是？"

思晗忙自我介绍："我是吴永鹏的朋友。"

"哦。来，请坐。"

沈思晗看中吴永鹏，获悉吴母住院，赶紧去探望

就是最近体格检查发现的 2型糖尿病

8. 咖啡馆巧遇，实在是难忘

"听说您病了，来看看您。"

"谢谢，特地过来看看我，其实我也没有什么，就是最近体格检查发现的2型糖尿病，我怎么没有听我们小鹏提起过你？"

"我们是在一次朋友聚会的时候认识的。"

"在哪里啊？在美国？应该在上海。"

"在上海，就在前一段时间。"

"谢谢你，这么远赶来，你现在在哪里工作啊？"

"我在上海大学生物系做助教，毕业2年了。如果有什么需要帮忙的，这是我的名片。"

"好的，好的，谢谢啊。再见，再见。"

9. 晋升副总监，兼职俱乐部

"今天我们糖尿病俱乐部再次进行活动，主要有几件重要的事情向大家宣布：因为我的外孙张强，他的糖尿病现在控制得很好。他想在这方面也做一些贡献，为糖尿病病人服务。我年纪也大了，我想我也应该满足他的要求，让他来接替我的位置，当俱乐部的组长。另外，张强单位的领导孙经理今天也来了，他也想跟各位介绍介绍张强的一些情况，那么大家欢迎。"

糖尿病俱乐部开会，外婆推荐张强任组长

9. 晋升副总监，兼职俱乐部

蓝光糖尿病俱乐部组长外婆开场白。

"谢谢各位朋友，今天我非常荣幸，能够代表公司宣布一个非常令人振奋的消息。张强因为在美国工作期间非常优秀，各位同事也非常认可他，公司破例提升他为技术部副总监，这是一个非常非常高的荣誉，我今天非常高兴来宣布这个消息。"

张强单位的领导孙经理宣布张强晋升副总监

公司破例提升他为技术部的副总监

"好消息，好消息"，丽丽的妈妈也被请到俱乐部，此时坐在后排的她轻轻地说并拍起手。强强起立，腼腆地表示："谢谢外婆和大家能够给我这样一个机会，很高兴以后能为大家服务。"

"闻教授给了我一个视频关于大庆的，看了以后感触很深，这段视频也给了我一个更健康的提示，通过饮食和运动，

张强接任蓝光糖尿病俱乐部组长

居然能够让糖尿病病人的发病率降低一半,这个研究也得到了很多国内外专家的肯定,譬如我们国内著名的内分泌专家陈家伦教授,也对这个大庆的研究做出了高度的评价。

"他认为,大庆研究在我们内分泌糖尿病的领域应该说到了一个很高的水平,得到了国际认可,这些研究在我们糖尿病学的发展历史上,都是一些非常重要的成绩,所以我在这里也祝贺他们,他们为我们内分泌学界、为我们国家争了光,为糖尿病病人,以及大量的糖尿病前期或者更前期病人谋了福利,这就证明了这个病是可以预防的。然后这次也非常荣幸,我们闻教授联系了黑龙江省糖尿病学会,让我们有这样一个机会,和真正参与大庆研究的一些糖尿病病人进行一些面对面的交流,也能让我们更深一步地认识到我们的生活方式,在糖尿病

9. 晋升副总监，兼职俱乐部

陈家伦教授高度肯定大庆研究，开创生活干预糖尿病先河

防治的一些具体的作用。我们俱乐部还有一个活动的计划，闻教授和上海市体育局、上海体育学院联系了，在嘉定、马陆，一个专门运动干预糖尿病的示范点，我们去那儿学习参观一下他们的一些运动治疗方法。"

10.
预防糖尿病,大庆创新例

蓝光糖尿病俱乐部的成员来到黑龙江省糖尿病学会。大庆研究在全国甚至全球有很大的影响,现在我们有请胡院长为我们介绍他们的一些经验。"

胡院长是大庆研究的筹划和参与者,他精神抖擞,侃侃而谈:"关于糖尿病和糖尿病前期的防治,大庆研究开始是在1986年,那时候把糖耐量退低(糖尿病前期577例分成4个

大庆油田总医院胡英华教授介绍科学的生活管理降低糖尿病发病率达50%

10. 预防糖尿病，大庆创新例

组：一个是饮食组；一个是运动组；一个是饮食加运动组；一个是对照组。运动组就管运动，不管你饮食怎么吃；饮食组就管饮食，让他一天吃5～6两饭，甚至副食代替。饮食加运动组，就是又管饮食，又管运动，这是3个组。剩下一个对照组，对照组就是听任不管。

然后对他们检查血糖，有时候检查血压，每两年做一次糖耐量试验，这样一共观察了6年，得出了结论：糖耐量减退的病人经过饮食、运动，饮食+运动和对照组明显得出结果，43%的病人不发生糖尿病。结论得出以后就向世界糖尿病学界做了报道。在美国华盛顿引起很大震动，国外杂志也做了情况报道。"

外婆听后激动地说："胡院长，您刚才介绍的情况，我非

蓝光糖尿病俱乐部成员来到大庆，深深感到生活干预是防治糖尿病的关键

常感动,因为我本身是一个糖尿病病人,你们为我们做了那么多坚韧不拔的工作,数十年如一日的工作。我非常感动,非常地感谢你们。"

胡英华教授旁边的一位女士就是当时的参加者:"我当时就是医院筛选出来的糖耐量减退者,我在其中一组,是饮食+运动双向组。我之前就是能吃,体重逐渐增加,后来通过运动,就是饮食+运动双向来控制。我们就严格要求自己。可以说医院的领导啊、大夫都很好,一起给我们检查,非常到位。每个月我们都参加一次检查,非常认真地按照大夫要求我们的去做。

我自己增加一些运动,我自己跳舞,在晨练的时候跳老年迪斯科。那时候我年龄那么小,胖胖的,怎么动都可以不在乎。晚间的时候到舞厅去跳交谊舞,饮食上我下了很多工夫,也就

大庆研究受试者谈生活方式干预,血糖控制良好

10. 预防糖尿病,大庆创新例

是说荤素搭配:今天我想吃肉,我就做点清淡的,比如黑木耳、蘑菇、海带,这是搭配了。重点是每顿饭,每个菜的油一定要少。逐渐我就发现了通过跳舞、控制饮食把嘴管住了,腿也迈开了,生活干预对这个病非常有效。所以,从1986年到现在,我的体重已经减掉了50多斤。

那时150多斤,现在106斤,所以精神特别饱满,每天都是信心特别足,餐后2小时血糖我才6.2毫摩尔/升,糖化血红蛋白也正常。医院给体检的,感谢,感谢。"

丽丽说:"让我们俱乐部成员都得到教育,有一个奔头,糖尿病是能控制好的,这个研究让我信心足了。"接着,丽丽指着张强说:"因为我妈还有同学、老师都说他肚子很大,那么年轻根本不像这个年龄该有的样子,老是要他控制体重,但是自己体重降不下来。"

强强笑着解释:"现在体重已经负增长了。"

II.
回国看妈妈，思念女同学

吴永鹏二步并三步赶到病房："妈妈。"

吴永鹏妈妈吃惊地问："小鹏，你怎么过来？我叫你不要回来了啊。"

"我当然不放心的。"

"我没有什么啊，没什么，我是知道的，我在这里休息几天已经好了，我大概过一段时间就可以出院了。"

"听说你身体不好，我肯定要回来看看你的。"

"我没有什么，来，坐，你什么时候到的？"

"我刚下飞机，到了先把有些东西放到家里，我就过来了。"

"那你时差还没有倒好呢。"

"没问题的，妈妈，我在美国也没有时间照顾你，你自己要多注意身体啊。"

"李医生也告诉我，只要饮食注意一点，她们已经给我弄了一个食谱，要我每天控制多少，通过这一段的治疗，基本上都说我好多了。"

"糖尿病，我原来也参加过丽丽她们的一个糖尿病俱乐

11. 回国看妈妈，思念女同学

吴永鹏赶紧回国探望住院的母亲，也要见见丽丽

对啊 李医生也告诉我 只要平时吃注意一点

部，也了解一些东西，你自己也不要太担心，即使发现自己的一些症状。也不要太紧张，这个病是可防可控的，有医生正规的治疗，然后吃东西注意一点。"

"对啊，李医生也告诉我，只要平时饮食注意一点，他给我算好了一个通过饮食控制的计划，还有多运动，让我吃完晚饭后在花园里走走，早晨起来的时候打打太极拳什么的，基本上没什么问题。我这两天血糖控制得很好，空腹血糖基本上已经控制在5.8毫摩尔/升左右，接近正常。你同学经常来看我的，叫什么沈思晗，天天来看我，她很好的，每次还带东西，那个水果就是她送来的。"

"沈思晗，她是我高中同学丽丽的好朋友。"

"你老是提丽丽，最近见到丽丽啦？"

"我这两天去看看她。"

"小沈这个女孩我倒是蛮喜欢她的,蛮好的。"

"上次在国内的时候我们碰到过好几次。"

"人是挺不错的,爸爸、妈妈也都是知识分子,人也蛮有气质的,你对她印象怎么样啊?"

"初次接触觉得她人品蛮好。"

"其实你可以考虑的,你在国外有没有谈啊?上次你说丽丽心思可能不在这里。"

"再看看吧。"

"听说小沈也要到国外去了,想去加州大学。"

"是吧,那我倒可以帮助联系联系。"

12.
快走微出汗，强度正正好

在嘉定马陆，运动干预糖尿病的一个示范点，为了安全活动，上海体育大学的老师准备了梯形走步机，外婆在上面走了10分钟，然后测心率和心电图。

蓝光糖尿病俱乐部成员体验和摸索有氧运动

一般认为频率每分钟60步以上且持续走路10分钟以上，或活动时微微出汗，说明达到了有氧运动，也就是说活动强度够了。俱乐部的成员和马陆的糖尿病病人一起走走得很欢乐。

外婆:"真的在出汗了,是出汗了。"

强强喘着气:"实在走不动了。"丽丽:"我拉你走,我拉你走,走快一点,加油啊,要快一点啊。"

强强与丽丽携手快步走

"累不累?"丽丽问吴永鹏妈妈。"还好,还好,还可以走一段,走得出汗了。"

大家都微微出汗,提示达到了有氧运动,非常有利于血糖控制。

13.
餐厅佳肴多，分清红黄绿

在一家大型自助餐厅，很多食品旁边插着红色、黄色和绿色旗帜，红色表示糖尿病病人不适宜，绿色表示推荐适用于糖尿病病人，黄色表示可选用食品。

糖尿病病人在印度飞饼旁边插了红旗，问孙教授："这个我们插了红旗，不知道对不对？因为我们想，它看着油油的，不太懂。"

孙教授肯定地说："我想是有道理的，因为这是印度飞饼，里面加了黄油啊、花生酱啊，油比较多。所以插红旗是对的。"

"另外这是个蔬菜，加上咖喱鸡，这个特点是脂肪比较高，但是我认为插黄旗可能比较合适，为什么呢？因为糖尿病病人吃些果蔬类还是不错的，选择的时候，下面的沙司、汤汁类少选一点，多挑一些这里面的蔬菜，总之适量地控制一下。"

孙教授指着蛋炒饭说："就糖尿病来说，主食还是很重要的，比如说这样的蛋炒饭是比较油的，又加了很多绿色的红色的玉米，这样的蔬菜糖尿病病人可以吃，但问题就是比较油，因此我们在选择的时候就要有一定量的控制，比如说1～2勺就够了。"

"孙教授,我看到玉米,我挺喜欢的,我想吃玉米,玉米对糖尿病好不好?"外婆问。

"玉米是一种健康食品,挺好的,膳食纤维也蛮多的,还有一些维生素之类,是不错的。

孙教授在自助餐厅讲解膳食管理,玉米是健康食品,涂了奶油会减分

"新鲜的玉米,但问题是它上面涂了奶油,它的健康指数就要减分了,应该是插一个黄旗。假如没有奶油,单是这样的一个玉米,就应该是插绿旗。

"因此,原料是一方面,加工制作的方法也是很要紧的。但是这样的玉米,糖尿病病人也是可以选择的,每次选择这样的一节作为主食的一部分。"孙教授答道。

孙教授带着俱乐部成员来到油炸食品前说:"这一片都是

13. 餐厅佳肴多，分清红黄绿

油炸的，各种各样油炸的，油炸的食品能量高、脂肪高，糖尿病病人少吃为好，因此都应该属于红旗区，要少吃。"

油炸食品能量高、脂肪高，糖尿病病人少吃为好

"我知道了。"外婆回答。

"孙老师，三文鱼我们能吃吗？"一位怀孕6个月的糖尿病病人问道。

"三文鱼挺好的，一是蛋白质比较丰富，胎儿生长发育也需要，另外三文鱼里含有比较多的卵磷脂，对宝宝的大脑和眼睛发育都是不错的，所以应该选择一些，不错的。

在腌制食品区，孙教授说："这些食品属于腌制品，就不太健康了，因为盐分比较高，另外在腌制的过程中加了一些亚硝酸盐，你看是红颜色的。因此糖尿病病人应该少选，尤其对孕妇来说，更要少吃一些，黄旗竖着呢。"

三文鱼营养丰富,怀孕期间可多吃些

"这些都是比较健康的食品,像这个西红柿、水果色拉,像这个区的这些蔬菜色拉挺不错的,因为蔬菜中维生素比较多,特别像这些绿的、红的、深色的。有种维生素叫叶酸,叶酸对胎儿的神经发育也是非常重要的。"在另外一个食品区,孙教授对孕妇说。

"孙老师,这些调料我们能用吗?"孕妇提问。

"调料旗子插得很好,应该是黄旗,因为脂肪含量比较高,另外也加了油和一些色素什么的,也比较咸。因此,选的时候就选这一片蔬菜,少点调料比较好。"

在食品烹饪区,孙教授指着排骨指导大家:"控制吃,要少吃,一是红烧的,另外排骨上还是有一些脂肪的,烧的方法也比较滋腻,我认为应该在红旗和黄旗之间,要吃呢,

13. 餐厅佳肴多，分清红黄绿

排骨含有脂肪，一顿吃一块就好了，这些食品有黄旗标志

另外排骨上还是有一些脂肪的　烧的方法也比较滋腻

一顿一块，尝一块够了。"

孙教授继续说："这个就比较健康，它是清蒸出来的，很清淡，营养也不错，这个可以取3块。待会我去那边，同样的排骨，那边烧得就比较健康了。"

"孙医生，这个能吃吗？"

"这个可以吃，因为同样是排骨，像这样脂肪就比较少了，因为是清蒸的，再加上一些枸杞，清肝明目，所以对糖尿病病人是挺合适的，应该插绿旗。如果里面再放一些萝卜、冬瓜啊，那就更好了。但是要限量，一般来说这个排骨，一天像这样的总量是3~4块。"

孙教授还对以下食品进行了点评："油炸的尽量少吃，像这些比较香，但问题是油煎了以后脂肪太多，太油了，包括里面的蔬菜都会含很多的油，因此我想说，这些糖尿病病人还是要少吃。像这样的都是起油酥的，里面加的是人造黄油一类的，还有饱和脂肪酸能量也高，吃起来倒是比较香脆，但是不太健康。"

"像这个蛋挞里面也放了很多糖和人造黄油，也比较甜；像这些麻球都炸过了，都属于不健康食品，都是红旗，而这些是蒸出来的就比较健康。"

"这个八宝饭，虽然有黑米、一些杂粮豆类，但是做的方法还是有些问题的，因为油比较多，你看这个八宝饭加了很多的油，亮晶晶的，另外加了很多的糖，因此糖尿病病人要少吃。"

走到冷菜食品区，孙教授说："脆皮鸡，这个皮上脂肪比较多，另外，胆固醇也高，那盐水鸭咸了，高脂、高糖、咸的食品都是不那么健康的。糖尿病病人应该少吃内脏，因为胆固醇比较高。糖尿病病人高脂血症的发病率蛮高的，因此要少吃。"

少吃高脂、高糖、高盐食品

13. 餐厅佳肴多，分清红黄绿

"这些是健康食品，含有很多维生素、膳食纤维、菌菇啊，像蔬菜、豆制品，这些都是健康食品。"

在冷品区，外婆问："孙教授，这小孩挺喜欢吃冰激凌的，可以吃吗？"

11岁1型糖尿病小病人接着说："我很喜欢吃的。"

冰激凌不是健康食品，不要多吃

冰激凌不是健康食品 我是很喜欢吃的

"冰激凌不是健康食品，她说挺喜欢吃的，所以我们说为了健康，要控制你喜欢吃的。"孙教授当即回答。

在就餐区，外婆选一盘食物，请孙教授点评："我去拿了一些吃的，你看这些可以吗，健康不健康？营养不营养？你给我指导一下。"

"我看一下，这份的搭配还是不错的，比较合适。首先，主食放中间，虽说糖尿病病人要控制能量，但主食还是很重要

外婆取了一盘食品，孙老师称赞荤素搭配得很好

的，一天一般在半斤到6两，选一种主食；另外，这里面红的、绿的蔬菜都有；鱼、虾是比较好的，还有一些肉，能提供优质蛋白；还有一些铁、锌，这些营养素对身体都很重要；还有绿色蔬菜，搭配不错，蔬菜的烹调方法也不错，这些基本上油很少，盐也很少，基本上是水煮的。不错，你选得不错。"

"那好，谢谢，那我可以吃了，这下我可以完全放心了。"

孙经理也拿了一盘食品，孙教授指着这盘丰富的食品："这么多啊，拿得太多了，而且选择得不怎么合理。"

"怎么不合理呢？"

"不合理有几大特征：一是红肉太多，你看这个是猪肉，腌制的，油炸的，这是西式糕点，油炸土豆，一点绿的也没有，一点蔬菜都没有。脂肪太多，能量太高，维生素也缺乏，膳食

13. 餐厅佳肴多，分清红黄绿

纤维也不够，所以这一盘食物选择得不合理。"

"那我适合吃什么样的食物呢？"孙经理向孙教授请教。

"你应该，我建议，这里面你要去掉一些，譬如说这样的排骨你拿了3块，最多留1块；这是虾，油炸的，建议你吃水煮的虾或者清炒、红烧的虾，而不是这样油炸的；这个主食呢是饼，其实这个饼是很油的，有很多黄油在里面。我建议你吃一点荞麦面条，或者是来一点米饭，或者来一个小馒头，来替代这一类的西式糕点；主食像这样的，可以再增加一点，比如豆制品啊、菌菇类的，再有一些绿色的蔬菜，不要忘了，替代这些不太健康的食品，这样就比较健康了。"

强强挑了一盘冰激凌："冰激凌来了，这个是提拉米苏。最喜欢的，奶油的。"

孙教授说："冰激凌不太适合你，这个冰激凌你知道吗？糖分高，含糖非常高，另外脂肪含量也很高，属于高糖、高脂饮食。你知道吗？一个这样的冰激凌，这样一个球，大概30～50克，单一个球，能量有1 046～1 255千焦（250～300大卡），如果你吃两个冰激凌的话，就相当于吃了2 092千焦（500大卡），将近2 510千焦（600大卡）的能量，相当于你一餐的能量，让这两个冰激凌全用掉了。"

强强吃惊地说："我还以为这个球比较小，没有问题的呢。"

孙教授说："再说现在的冰激凌，大多是用人造黄油做的，里面含有饱和脂肪酸，对心血管也不太健康。因此我认为你要吃冰激凌，吃1/2个，最多吃一个。我还建议，要是吃这么丰盛的自助餐，最好甜品不要用冰激凌，而改成咖啡，或者茶。

这样比较合适，或者一些低糖分的水果，否则你这样丰盛的自助餐再加上冰激凌，太超量了，太过了。"

"那好，孙老师，我不能吃，大家吃点吧。"强强笑道。

14.
邀见老同学，深表爱慕心

这次吴永鹏回沪，一方面是探望住院的母亲，实际上念念不忘对丽丽的钟情。今天邀丽丽喝咖啡，为此一早到理发馆梳理了一下，此时更显得风度翩翩。

吴永鹏向丽丽表白爱慕之情

"听说你和张强的事家里有点反对。"

丽丽直话直说："反对得蛮厉害，特别是我妈妈。"

"那你现在怎么打算呢？"

"说真的我也不知道路怎么走,我对张强的感情,我自己也不知道,心里一点底都没有。"

"两个公司的交往会越来越多,今后我可能会经常来往,我想机会有了,我们多接触接触。"吴永鹏顺势将双手轻轻地按在丽丽的手背上。丽丽突然感到心脏颤动一下,敏锐地感觉到老同学对她过度的关心,但还是慢慢地将双手从老同学微微颤动的手心下抽出来了。

傍晚,刚与老同学吴永鹏分手,大学同学沈思晗来找她有事帮忙:"你那个老同学呢?"

"哪个老同学?"

"就是那天我帮你送资料碰到的那个。"

"他啊,这个礼拜就去美国了。"

丽丽刚刚回绝老同学,思晗恰请丽丽做红娘,免不了有些醋意

"你能不能帮我介绍一下。"

"他?"丽丽听了一愣,心想刚刚拒绝了吴永鹏的心意,你倒要我为他做红娘,但还是木讷地说:"嗯,不会吧,你喜欢上他啦?他各方面都挺优秀,挺好的。"

"谢谢啦,帮忙约个时间见见他。"

第五集

扫码观看视频

15. 血糖控制好，照样拿冠军

生命的本质在于运动，今天俱乐部成员在俱乐部进行室内活动。

孙经理已经走了 5 800 步，问糖友是否达到最大心率。糖友告诉他心率计算方法是 170 - 年龄，也就是 170 - 30=140。糖友检查了心率正好是每分钟 140 次，说明孙经理已达到最大心率，也可以说达到了有氧运动要求。

糖尿病病人经过适当的药物治疗和生活干预，不仅能胜任一般的工作，也可以参加运动比赛，有的还可获得奖牌，甚至金牌，譬如说游泳和自行车比赛。当得知美国自行车团体冠军队队长费尔将访问中国及俱乐部成员。有机会见到 1 型糖尿病病人组成的职业自行车队队长时很兴奋，特别是 11 岁的 1 型糖尿病病人万金怡更是高兴得跳了起来。

"金怡，我看见你今天带了一样东西来给大家看看，是什么呀？"在见面会上，主持人问道。

"是我画的一幅画，我打算送给费尔叔叔。"当费尔演讲结束时金怡被邀上台，将亲手画的一幅画送给了费尔叔叔。

费尔夸奖她学习成绩优秀，血糖控制很好，是非常努力

15. 血糖控制好，照样拿冠军

蓝光糖尿病俱乐部成员与1型糖尿病病人自行车比赛世界冠军费尔在一起骑车

在美国的自行车赛上两次获得冠军 真不简单

1型糖尿病病人万金怡向费尔赠送画作并合影留念

的孩子,并将自己出版的有关运动抗击糖尿病的签名书送给了金怡。费尔叔叔现身说法强烈地激励了金怡及其他俱乐部成员。

交流会结束后,强强及孙经理等一起参加自行车运动。

16.
降糖药物多，但需合理用

张强主持蓝光糖尿病俱乐部活动。

"今天下午我们蓝光糖尿病俱乐部活动，主题是有关降糖药方面的问题，这次活动的方式主要是我们特聘的闻教授给我们出了一些关于口服降糖药物的题目，我们希望通过这些题目的解答讨论及闻教授的点评，使我们对于口服降糖药物能有一个新的认识，并且在这个认识的过程中，大家也可以结合自己

蓝光糖尿病俱乐部开展有关口服降糖药合理应用的主题活动

用的药，结合自己治疗的一些过程，来谈谈体会，也分享一下大家的一些经验和教训。"

强强接着说："今天闻医生给我们出了6道题目，第一道题目是这样的，治疗糖尿病的口服降糖药物使用超过50年的有：A 噻唑烷二酮类；B 磺脲类和二甲双胍；C 二甲双胍和磺脲类和阿卡波糖。这个问题谁来回答一下？"

永鹏妈妈抢先回答："我觉得这道题应该选择B，磺脲类和二甲双胍。我是最近发现有糖尿病的，我觉得最近人没有力气，人家建议我去查空腹血糖，我一查，结果血糖超过正常范围。我就去找闻医生，闻医生告诉我是2型糖尿病，建议我服用二甲双胍，所以我服用二甲双胍用到现在，血糖也控制得很好，体重也降下来了。"

二甲双胍更适合肥胖病人使用

16. 降糖药物多，但需合理用

闻教授点评："回答得非常正确。因为我们在糖尿病治疗时，磺脲类药物和二甲双胍应该说是一个基础的治疗，一线类药物。基本上初发的2型糖尿病病人，如果是肥胖一点的我们会首选二甲双胍，如果是消瘦一点的我们会首选磺脲类药物。所以这两个药物降糖的效果也很好，也比较价廉物美，是性价比较好的两个降糖药。"

"第二个问题是这样子的，二甲双胍最合适在下列哪种状况下使用：A 肾功能不全，也就是肾脏不好的病人；B 是体型肥胖的2型糖尿病病人；C 是胃溃疡病人。这个问题谁来回答一下？"

"我来回答，第二个问题的答案我觉得应该是B，体型肥胖的2型糖尿病病人。因为我刚得糖尿病的时候闻医生也跟我说过，像我这样的体型比较适合吃这个，但是肾功能不全（A）和胃溃疡病人（C）为什么不能用，我不知道。"

闻教授听了新参加俱乐部的糖友作点评："二甲双胍确实在肾功能不全的病人要慎用。特别是在一些肾小球滤过率（GFR）小于30的病人，我们不用二甲双胍，因为二甲双胍能够促进一些无氧酵解，会增加乳酸形成，如果肾功能不全呢，肾脏排酸能力下降，容易发生酸中毒，所以我们对肾功能不全的病人是不用的；另外，胃溃疡病人也不太用，因为二甲双胍对有些病人会有些胃肠道的不良反应，在溃疡的情况下我们一般就不用了。"

"给我们出的第三个问题是这样的，阿卡波糖到底是通过哪种器官来发挥作用的：A 肠道；B 胰腺；C 脂肪；D 肝脏。

这个问题谁来回答一下?"

外公试着回答:"主要是通过肠道(A),主要在抑制小肠里糖的吸收起到降糖作用,关于它为什么能在小肠里面能够抑制血糖的吸收,这个机制我不太清楚,请闻教授给我们讲一讲。"

阿卡波糖应随餐服用,更好降低餐后血糖

闻教授:"这个问题我来解释一下,阿卡波糖我们可以归类到一个叫α-糖苷酶制剂,我们吃下去的碳水化合物是不能直接被吸收的,应通过α-糖苷酶把它分解成多糖、双糖,再变成单糖才能够被吸收。在碳水化合物变成双糖的过程中,α-糖苷酶起着非常重要的作用,如果我们把这个酶抑制了以后呢,碳水化合物变成双糖减少了,变为单糖吸收也减少了,所以它是通过这样一个机制来延缓糖的吸收,降低餐后血糖。"

16. 降糖药物多,但需合理用

外公高兴地点头:"我现在明白了,谢谢。"

"第四个问题,可以促进胰岛素分泌的降糖药物有哪些:A 磺脲类和噻唑烷二酮类;B 磺脲类、格列奈类、胰高血糖素样肽-1(GLP-1)类似物和二肽激肽酶-4(DPP-4)抑制剂;C 磺脲类和二甲双胍;D 二甲双胍、阿卡波糖和格列奈类。这个问题可能比较难一点,有谁来回答一下?"

糖友回答:"我选B,可我不太明白里面什么道理,闻教授请告诉我一下。"

闻教授:"这个问题我来解释一下,正确答案是B,即磺脲类和格列奈类。我们可以归结为促进胰岛素分泌的一些口服降糖药物,磺脲类是可以直接作用于磺脲类受体,可以促进β细胞分泌胰岛素;格列奈类可以作用于β细胞格列奈类受体,也是磺脲类受体,它们作用于不同的亚基,作用有类似的地方。近年来,临床应用的胰高血糖素样肽-1(GLP-1)类似物和DPP-4抑制剂,主要与肠促胰素有关。GLP-1一方面可以促进β细胞分泌胰岛素,另外一方面,抑制α细胞分泌胰高血糖素,对食欲和胃的排空也有一定的抑制作用,所以它的作用机制是比较综合的,当然它有促进胰岛素分泌的作用。GLP-1的半衰期很短,但GLP-1类似物的作用时间延长,因此现在有一天打两次的,有一天打一次的,将来有可能会有一个礼拜打一次的,一个月用一针的。DPP-4是一个内源性的GLP-1降解酶,现在有公司开发了DPP-4二肽激肽酶的抑制剂,它把这个酶部分抑制后,内源性的GLP-1就降解慢了,所以提高内源性的GLP-1水平,这个内源性的GLP-1提高以后,它就作用于 β 细胞、α 细胞,促进胰岛素分泌,抑制胰高血糖素。它是一个口服制剂,所以 B 是正确答案。"

"哦,这类新药是挺好的,战胜糖尿病增加了希望。"糖友边说边拍手叫好。

"第五道题是这样的,增加胰岛素敏感性的药物有哪些:A 磺脲类;B 阿卡波糖;C 二甲双胍和噻唑烷二酮类。这个问题谁来回答一下?"

糖友回答:"增加胰岛素敏感性,我想应该是二甲双胍和噻唑烷二酮类(C),至于什么原因,请闻教授介绍一下。"

二甲双胍和噻唑烷二酮类是胰岛素增敏剂

"我们现在有很多药物,但增加胰岛素敏感性或者叫改善胰岛素抵抗主要是二甲双胍和噻唑烷二酮类药物。二甲双胍和噻唑烷二酮类也有不同的特点,作用的器官还不完全一样:二甲双胍主要作用于肝脏,噻唑烷二酮类(罗格类酮和吡格类酮)主要还是作用于肌肉和脂肪,所以二甲双胍和吡格类酮这一类药物,它们有很好的协同作用,都能够改善胰岛素敏感性。"

第六道问题是哪一种口服药物需要在餐时服用:A 格列喹酮;B 阿卡波糖和格列奈类;C 二甲双胍和磺脲类。

糖友回答是 B 阿卡波糖,但是为什么一定是在吃饭的时候要吃这个药,它的机制是什么?闻教授对此做了解释:"因为阿卡波糖是作用于碳水化合物降解(环节)的 α-糖苷酶,我们饭吃下去的时候这个酶就起作用了,所以这类药物必须与我们第一口饭一起吃,要餐时服这样效果比较好。"

外婆:"今天闻教授给我们出的这 6 道题目并给了详细的解说,让我们对整个糖尿病的口服药有了一个新的认识,无论从机制上,还是从服用方法上等各方面,都有了进一步的了解,谢谢闻教授。前段时间学习了 2010 年版的《中国糖尿病防治指南》,下面我们就请张强结合自己的情况谈谈体会,分享他的经验。"

强强:"我最近去参加了一个中国糖尿病 2010 版指南的学习活动,谈一谈我自己的一些想法和一些体会。其实我发现糖尿病也是蛮突然的,当时丽丽是叫的救护车把我送到医院的,当时都已经昏迷了。通过一开始静脉注射的胰岛素治疗,后来还给我用过了专门的胰岛素泵的注射,再后来改成一天一次胰岛素注射。现在我只需要吃一点二甲双胍进行治疗,血糖控制得很好。我的体会是生活方式的干预是关键,我在得糖尿病之前呢是非常喜欢吃一些热量比较高的食品,我一下子能吃 4~5

个冰激凌，一大瓶可乐。但是运动很少。那时在公司里，上班就忙工作，下班就打游戏，所以平时运动也比较少。现在对饮食上已经非常注意了，也增加了运动，特别是我现在用记步器记录，我现在每天都能保证自己走路在 7 000 步以上，所以这几个月我的体重也大概降了 5~6 千克。生活方式的干预导致了体重的明显改变以后，血糖容易控制。指南上指出生活方式的干预，要贯彻在治疗的始终，也就是说从一开始得糖尿病不论用什么治疗，生活方式的干预一定是基础，我这一点感触非常深。另外，现在把二甲双胍作为一线用药，特别是对于我们这些比较胖的，像孙经理，还有我，还是首选二甲双胍来进行治疗。然后对于一些不是特别胖、体型偏瘦一点的病人，可以选择其他一些药物，如胰岛素的促泌剂，或者是 α-糖苷酶抑制剂。当出现这 3 类药物中单一用药血糖控制不好的时候，糖化血红蛋白大于 7%，那可能就要改用二线药物，一般选择二甲双胍联合胰岛素的促分泌剂或者是 α-糖苷酶抑制剂。当然也可以根据情况选择噻唑烷酮类或者 DPP-4 抑制剂。当第二线的药物仍然不能达标的时候，可以再选择下一步的治疗药物，比如胰岛素或者多种药物的联合用药来治疗。"强强的体会实用明了，与会者报以热烈掌声。

17.
运动形式多，科学和安全

俱乐部邀请上海市广播操教练施老师辅导糖尿病病人做第九套广播体操。

蓝光糖尿病俱乐部邀请施老师指导广播操

然后给糖尿病病人介绍在运动时应该注意哪些问题："我是第一次辅导糖尿病病人做第九套广播体操，你们学得很好，我也很感动。作为体育锻炼来说，特别是患糖尿病的情况下，锻炼身体，也是需要注意几个方面。

即时心率除以平时安静时的心率，介于 1.3 ~ 1.5 意味中等强度运动大于 1.5 是高强度运动，不适合年纪很大的人

第一个，应该是科学锻炼，意思是我们要根据自身的身体条件，确定强度到底多少，频度到底怎么样。这个都要根据自身的情况来安排，我们定义为负荷。我们运动的强度应该是中等强度，或者是中等偏低的强度。

如果说我们度过一个阶段适应了，再逐渐增加，那么这个强度是什么意思呢？

即时心率（运动以后的心率）除以平时安静时的心率，出来一个商。

一般来讲在 1.3 ~ 1.5 是中等偏下的强度，这个我感到对在座的来说是比较合适的，这种中等强度也称为有氧运动。

在这种强度下，我们机体的氧供非常充分，对身体应该是

17. 运动形式多，科学和安全

中等强度指数运动有利于糖尿病病人的健康

非常有好处的。第二点要注意安全地进行锻炼，运动是为了健康。不安全了，那就不行了。怎么安全呢？选择锻炼的地方要安全，如果雾气很重、风沙很大，从事一定强度运动，呼吸的深度、频率要增加，吸进去的空气可能不好。另外，我们选择的运动器具要注意检查，要注意安全。此外，还要愉快运动，就是我们选择的锻炼项目内容自己要有点兴趣。"

强强代表俱乐部成员感谢施教练的认真辅导和演讲，让大家明了怎样做到科学和安全的运动。

第六集

扫码观看视频

18. 足病教育片，丽丽演旁白

糖尿病足是糖尿病者神经和血管的病变，华山医院内分泌科制备了糖尿病足的宣教片，俱乐部的成员集体观看视频。

"国内外研究显示，糖尿病病人中足溃疡的患病率是4%～10%。"

"大家知道这个宣教片是谁配音的吗？"

当甜蜜而又熟悉的声音出现在视频中，有人情不自禁地问

丽丽为糖尿病足科普视频配音

18. 足病教育片，丽丽演旁白

配音是不是丽丽。此时丽丽低头不语，闻教授马上正面回答，是聘请丽丽演旁白。大家恍然大悟。

"糖尿病足治疗费用高昂，治疗难度大。糖尿病足尽管不像心血管病那样快速致死，却非常容易使人致残，生活质量快速下降。糖尿病足是严重危害人类健康的疾病，糖尿病足既然危害很大，那什么人容易得呢？"

血糖控制不佳和足部损伤等因素容易患糖尿病足

当视频出现一个足部的模型，丽丽的声音继续："当存在足部畸形、关节活动受限时是重要的威胁因素；如果病人原来有过溃疡，或曾进行过截肢；存在足部感觉障碍；鞋袜不合适；赤脚走路；鞋内有异物；血管缺血；贫穷、社会地位低、缺乏教育和吸烟等都是危险因素，也就是存在这些问题时，容易得糖尿病足。"

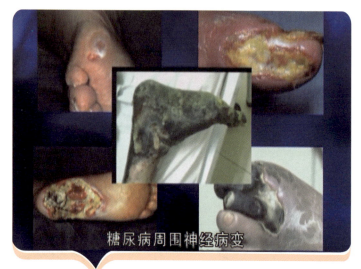

糖尿病足的临床表现,中间那个足已整个坏死,为5级

"怎么样算是糖尿病足?我们现在临床使用瓦格纳(Wagner)分级法,0～5个等级:这个足存在畸形,只存在前面描述的具有高度风险因素为0级;这个足表面皮肤有溃疡,但是无感染为1级;这个有一些较深的穿透性溃疡,并且存在皮下软组织感染,但没有感染到骨头,为2级;这个足溃疡影响到骨组织,为3级;这个足已经出现局部坏死,为4级;这个足已整个坏死,为5级。4~5级糖尿病足溃疡坏死,场面触目惊心,那如何预防糖尿病足呢?首先糖尿病周围神经病变是糖尿病足的重要危险因素,应每年进行检查,通过一根单丝来判断病人的触觉;通过铁和塑料的温度差异,来判断病人的温度觉;通过细针轻刺判断病人的痛觉;通过一个固定频率的音叉产生振动刺激,判断病人的振动觉;通过一个小锤子叩

18. 足病教育片，丽丽演旁白

击脚后跟来判断踝反射；当然除了上面较为简单的检查项目外，现在还可以通过一些更复杂精确的方法来进行检查。比如振动阈值检查，通过将电流大小变化为振动强弱来判断病人的振动觉。其次糖尿病周围血管病变也是糖尿病足的危险因素，也应该逐年检查：比较简单的可以让医生触摸一下足背动脉及胫后动脉，这些动脉主要负责将氧分供给于足部，可以通过它的搏动情况初步判断有无血管病变；也可以通过机器进行测定一些指数，比如踝肱指数（ABI），对于ABI异常病人，应该进行下肢血管B超检查，有时可能还要进行下肢血管影像学检查，如发现下肢动脉明显狭窄，可以进行支架植入。

　　足部压力异常，容易使足部损伤。存在高危因素的病人应测定足部不同部位压力，测定足部压力的工作原理比较简单，就是让病人站在有压力敏感器的平板上或在平板上行走，通过扫描成像传送给计算机，计算机屏幕显示颜色不同的脚印，如红色部分代表受力区域、蓝色部分代表非受力区域从而了解病人是否有足部压力异常。通过这种方法可以进行步态压力分析，从而可以特制鞋子，包括鞋垫及矫形器械来矫正足部压力异常。"

　　"控制血糖、血压、血脂等指标，吸烟是糖尿病周围血管疾病及糖尿病周围神经病变的危险因素，需禁烟。发生糖尿病足时，一定要禁烟。"

　　"观众朋友们，俗话说细节决定成败，那么，在糖尿病的预防中重视一些生活细节就显得至关重要了。下面就和各位病友来交流一些糖尿病足病人的生活细节：一定不要赤足行走，要穿鞋和袜子,以防被地面的异物刮伤或刺伤;坚持每天用温水泡脚,温度应该低于37℃。如果我们自己不能感觉到冷热时,应该请家人帮忙。当然了,如果您是一个人居住就应该使用温度计。"

外公、外婆家。"强强,来来来,你看外婆怎么洗脚啊。"外公叫强强来学习洗脚注意点。

"洗脚也要学啊。"强强不以为然地说。

"就是啊,这里面有学问,首先温度控制在37℃以下,现在是36℃,不能超过37℃。"

糖尿病病人的足部感觉迟钝,洗脚水用温度计测定,或用手试一下

糖尿病的脚感觉比较迟钝　神经不太敏感

"蹲着很累的,我给您拿个凳子。"强强说着顺手将凳子递给外公。

18. 足病教育片，丽丽演旁白

"我现在住的地方没有这个洗脚的，我平时都是直接倒热水就洗的呀。"

外公："那要注意一个问题。你倒水以后，一定要用温度计测量一下。糖尿病（病人）的脚感觉比较迟钝，神经不太敏感。如果温度太高，容易把脚烫伤了。"

"我自己用手试一试啊。"

"所以说你讲得对了，洗脚以前先下手、再下脚，先手试一下，感觉一下温度，然后脚放下去，你就放心了。这个洗脚水是恒温的，比较有保证，是自动的。如果没有这个桶，要自己加水的话，一定要把脚拿出来，才可以加热水，否则烫坏了，所以要注意这点。"

"这个擦脚也有讲究的。"

张强："那我把这个（加热）先关掉了。"

外公："关掉。尽量用柔软的毛巾，全棉的、柔软的。擦的时候也要轻轻地，要全部擦干净，包括趾甲的缝里面，脚趾甲都要擦干净，不要有水。擦的时候注意趾甲，你看看，要观察一下，皮肤好不好。要注意，洗一次都要看看脚的皮肤怎么样，擦个脚学问也蛮大。擦干以后，看看皮肤有没有损伤的地方。（如果发现）皮肤干燥，擦些防裂油，润滑下皮肤，保护下皮肤。这个脚才放下去。"

张强："这个脚我来擦。"

外婆："强强来，试试看。"

张强："怎么擦刚才我都学会了。"

外婆："看你行不行啊。"

洗脚前需注意，水温不能太高

张强："没问题的。来，放平了。好，轻轻地这样擦。"

外婆："还要把水吸吸干，（脚）好像有点偏紫红颜色。这个算正常的啊？"

张强："话我都说过了，这样擦一擦。"

外公："就是剪趾甲的时候也要注意。再检查老茧，这里有一个老茧，不要去碰它，要叫专业的人来弄。"

外公："这个袜子。注意有几个要求，一个要全棉的，软软的。棉的、棉纱做的。"

张强："我现在都是穿棉的。"

外公："另外，这个（袜子的）口要比较松，不要太紧，脚尖（与鞋）要有一定的间隙，1厘米。

宽度要宽于脚的宽度，高度要高于脚背。另外，买鞋的时

18. 足病教育片，丽丽演旁白

候最好下午去买，下午脚都胀开了，这样尺寸比较适合一些。另外，（有条件）到专门的商店去买，他会帮你测量压力的。"

鞋码有讲究，脚尖与鞋间隙约1厘米

外婆："俱乐部的病友到专门的商店里面定制可以测定你脚的压力的鞋，那更好了。"

外公："穿的时候注意，要有一个手指的距离。"

外婆："这里也要宽一点，不要压着脚背。"

闻教授："通过观看这个宣教片，我们大家都体会到了糖尿病的慢性并发症是危害糖尿病（病人）生命安全的一个重大问题。我们刚才看了糖尿病足。过两天，我们还会去肾脏病房，去看看糖尿病透析的病人。"

众人："谢谢闻教授！"

闻教授强调糖尿病足贵在预防和及时处理

19. 糖尿病肾病，血透和腹透

在血透室，外婆问道："小姜啊，我们来看你来了，你好吗？"

姜先生患有糖尿病肾病肾衰竭，正在华山医院血透室住院："好的。"

外婆："胃口好吗？"

姜先生："好的。"

强强带领蓝光糖尿病俱乐部成员参观华山医院血透室，看望正在血透的糖友姜先生

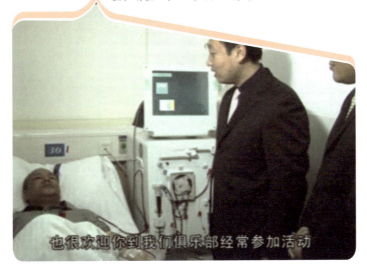

外婆:"我们蓝光糖尿病俱乐部的成员,这位是沈老师,这位王老师,这位是小刘老师。我们以后大家都是朋友。我们蓝光糖尿病俱乐部这次改选了,我让位了。现在来了一位新的主任,姓张。下次张主任,……等你出来以后,我们蓝光糖尿病俱乐部有活动了,你来参加啊。健康教育课,有课,你就去听,好不好?"

姜先生:"好,好。"

张强:"姜先生,你好!刚才外婆也介绍了,我也是新发的糖尿病。这次她们说让我来负责蓝光糖尿病俱乐部,说你是外婆的老病友了,也很欢迎你到我们俱乐部经常参加活动,你糖尿病多少年了?"

姜先生:"16年。"

张强:"透析了以后,人感觉怎么样?"

姜先生:"挺好,挺好的,原来走不动的,现在能走了。"

张强递了一个红包:"这是我们俱乐部几个人的一点心意,请你收好。"

姜先生:"感谢啊!"

张强:"应该的,应该的。"

在会议室,张强说道:"谢谢尤医生带我们去看了老姜,刚才他说情况都挺好的。他多长时间要来做一次血透?"

尤医生(肾脏科副主任医师):"他每周要来3次医院,每次做4个小时。"

张强:"现在透析的病人里,糖尿病病人多不多啊?"

尤医生:"现在我们透析中心,糖尿病肾病引起的尿毒症

19. 糖尿病肾病，血透和腹透

现在透析的病人里 糖尿病病人多不多啊

肾脏科尤医生讲解糖尿病肾病的预防与治疗

的病人数量是越来越多了。现在我们每100个血透的病人中，大约有20个左右是因为糖尿病引起的肾衰竭。"

沈女士（糖尿病病人）："看了老姜这样的病情，我觉得蛮悲观的。像我生糖尿病也已经5年了，怎样预防发展到这一程度？我平时生活中应该注意点什么？"

尤医生："你这个（问题）问得很好，我相信也是很多糖尿病病人关心的。可是我觉得你大可不必那么悲观。如果做到饮食和血糖控制得好，平时经常去查查微量蛋白尿啊。早期可以发现糖尿病肾病的一些发病苗头，发现了之后，再结合饮食控制及药物治疗。其实从糖尿病肾病、微量蛋白尿，到最终走到尿毒症这一过程是很长的。如果你控制得好的话，我们还可以把这一阶段延得更长，即使你最终患了尿毒症，我们肾脏替代治疗有很多的手段。可以做血透,就是刚才你讲到的老姜正在治疗的(方法)。也可以做腹透,还有些病人可以选择胰腺和肾脏的联合移植。这3种手段,其实对病人来说都是很好的,就是让病人的生活质量没有太多的影响。所以你看,老姜刚才的治疗,他也是心情很愉快的。他其他并发症也控制得很好。所以不必那么焦虑和紧张。"

朱教授(肾脏科)带着俱乐部成员来到腹透中心:"徐阿姨,她们糖尿病蓝光糖尿病俱乐部的成员今天来看望你。"

外婆:"谢谢你,徐阿姨。我们来看看你。"

徐阿姨:"谢谢!你们很关心我,我也蛮好的,衷心地感谢!"

外婆:"应该的,你感觉好吗?"

蓝光糖尿病俱乐部成员参观华山医院腹透中心,看望接受腹透治疗的糖友徐阿姨

客气 应该的 你感觉好吗 还可以 蛮好

19. 糖尿病肾病，血透和腹透

徐阿姨："还可以，蛮好。"

外婆："糖尿病俱乐部，我们欢迎你继续参加活动。刚才你已经说了，做了腹透以后，肿已经消掉了。这是一个好的事情，那你饮食各方面呢？"

徐阿姨："饮食我自己也要注意，水不能喝，盐少吃。"

外婆："所以你小便不多。"

徐阿姨："对，心脏不太行了。我人是比较难过的，口干得很，但是不敢饮水。"

王先生(糖尿病病人)："家属护理、营养调理都很重要的。"

朱教授："随着糖尿病病人并发症发病率越来越高，糖尿病进入尿毒症做透析的病人也就越来越多。别的中心我不是很清楚。在我们中心，我们以前做过统计，大概1/3腹透病人是

肾脏科朱教授讲解膜透的原理：腹透液灌在腹腔，毒素通过透析液排出

糖尿病,就是糖尿病引起的肾脏损害,也称糖尿病肾病。"

外婆:"朱教授,我想请教一个问题。刚才我们看血透,现在是腹透,请问这两者有什么区别?(另外)什么病人适宜于血透和什么时间适宜于腹透?"

朱教授:"血透和腹透应该说各有优缺点,各有特色。它是两种不同的透析方式。那么我们先来说一下腹透。腹透是以病人自己的腹膜,作为一层半透膜。然后把腹透液灌在腹腔以后,它和腹膜上的血管、中间的这些物质进行交换,就把毒素排到透析液中。然后把人体所需要的、但缺乏的一些物质通过透析液进入人体中,然后把这个透析液换掉,重新换一次新的透析液。腹透相对来说比较符合人体的一个正常生理过程,但是它比较缓慢,是慢慢来的,不是一个非常急速的,当然对心血管的影响是比较小的。血透有一个通俗的说法,国外说叫洗血。就是说把你的血拉出来,经过一个血透机器里面的一个透析器。它一边血过去,一边透析液从反方向过去,经过透析器的中间有一个透析膜。这个透析膜当然是人工合成的,不是我们天然的腹膜。然后在这过程中就(进行)物质交换了,把毒素排出去、把人体需要的东西排过来,洗过的血再输回给人体。它的效率非常高,比腹透的效率要来得高。其实相对来说,早期新病人有残肾的时候,做腹透比较好,它可以发挥对残肾的保护,然后有残肾(功能)的时候,腹透的剂量也不用很大,当时的腹膜也都不错,这样可以做。那么,随着残肾(功能)没有了,或者腹膜不好了,万一做不下去了,你随时可以再去改血透,血透又可以做很

19. 糖尿病肾病，血透和腹透

多年。这样，把两种方式有机结合起来，病人的生存质量就会更好，生存时间也更长。所以说，其实两种透析方式应该是各有利弊、各有特色。我们提出，在临床上应该整体治疗，最好把两种透析方式有机地结合起来。"

据专家估算，中国内地目前约有1 500万糖尿病病人因肾衰竭需要进行透析治疗，这将给我们的国家带来沉重的经济负担。

20. 一藤四苦瓜，整合一起抓

在内分泌科病房，刘医生汇报病人的病史："两年前病人自觉视力下降，病人就诊体检发现有眼底出血和白内障。"

扫码观看视频

胡教授查房，该病人诊断为2型糖尿病，同时伴肥胖、脂肪肝和动脉粥样硬化，都与慢性低度炎症有关，所以这4种病可看作是"一根藤上四个苦瓜"，两个或两个"瓜"以上者称代谢性炎症综合征（MIS）。

胡教授："好，讲得非常清楚。诊断是蛮明确的，糖尿病诊断已15年了。我们知道，2型糖尿病主要的问题是并发症。

20. 一藤四苦瓜，整合一起抓

这个并发症呢，包括微血管并发症和大血管并发症。微血管并发症比较特异的，包括糖尿病肾脏病变、视网膜病变、神经病变。那么，这个病人刚才我们看了，她小便里面蛋白尿也有。我们不知道这个糖尿病人是糖尿病引起的蛋白尿，还是其他肾脏病引起的。所以，让杨主任来给我们说说看吧。"

杨教授："那么按照2014年，由我们科室牵头起草的糖尿病学会发布的糖尿病肾脏损害的指导意见，也是我们糖尿病肾病的诊疗指南。如果病人有任何一期的慢性肾脏疾病（CKD），同时病人有视网膜病变的，我们就认为它是一个糖尿病肾脏病变。"

胡教授："另外一个我们知道，糖尿病不仅仅是微血管并发症的问题，还有伴随着其他疾病。像她以前就有肥胖、脂肪肝，这些都有吗？"

病人："有，还有高血压。"

胡教授："看，最近一次检查证明还有动脉粥样硬化、内膜增厚，同时有斑块。我们知道，动脉粥样硬化其实对我们威胁是挺大的。全球大概有65％以上的病人死亡是和动脉粥样硬化有关系的。动脉粥样硬化表现在脑部的脑梗死、脑出血，（还有）心肌梗死。所以呢，糖尿病的主要问题是这些并发症和合并症。糖尿病病人往往都有肥胖、脂肪肝，还有动脉粥样硬化。所以，我们把这4个疾病归纳起来，认为它是共同产生的，我们认为是"一根藤上四个苦瓜"，所以我们提倡把4个毛病一块进行治疗，也就是异病同治、异病同防。"

[插播胡仁明教授接受上海电视台采访视频资料："临床

上海电视台采访提出代谢性炎症综合征的概念问胡仁明教授，胡教授认为二甲双胍是防治代谢性炎症综合征的首选药物之一

上有一个（使用）很普遍的药，叫二甲双胍。它不仅能够降低血糖，同时能减重，还能缓解脂肪肝。更重要的是，现在发现它还能降低心血管事件发生的风险。"]

胡教授："我们提出的异病同治、异病同防的目的就是要提高这些疾病的防治效果。"

（插播樊代明院士接受上海电视台采访视频资料："代谢性炎症综合征这种提法和实践，未来很有发展前途，也是目前解决看病难、看病贵的重要方法"。）

胡教授："华山医院在1980年做了全国第一次糖尿病调查。当时的（糖尿病）患病率是0.69%，现在达到了11%，增加了15倍以上。我们认为，除了年龄增长因素以外，主要

20. 一藤四苦瓜，整合一起抓

还是我们现在的生活规律改变了。现在大部分病人活动比较少，吃得比较多。所以，这是一个生活的疾病，因此生活干预很重要。"

胡教授："请叶主任给我们讲讲，生活干预、五驾马车怎么做。"

叶教授谈糖尿病综合防治的"五驾马车"，尽可能多地给病人解说，即提倡"话疗"

叶教授："这个病人是我们一个非常典型的病人。糖尿病、高血压很多年了，然后到了我们医院就发现，过去那么多年整个治疗都不够达标。对医生来说综合干预的措施叫'五驾马车'：饮食、运动、药物、教育和监测。这'五驾马车'里面其实教育环节是非常重要的。教育的话是我们其他4个马车能够落实下去的依据。"

糖尿病综合防治的"五驾马车",关键是科学的生活干预(运动和饮食)

胡教授:"叶主任讲得非常好,要尽可能给病人多做教育,要多跟他们交流。所以,她提出要'话疗'。这个话疗不是用药,而是用嘴巴多跟他讲,这样才能让病人建立起战胜疾病的信心。另外呢,你出院以后,我们在闵行区吴泾镇建立了一个糖尿病专家团队的工作室,你也可以到那个地方随访。"

21.
防治要结合,关键在基层

俱乐部成员应邀参观一个社区卫生中心健康小屋。

外婆:"孙医生,你好!今天,我们蓝光糖尿病俱乐部一些队员来参观参观,交流交流你们(防治)糖尿病的情况。"

孙医生:"非常欢迎!在我们(社区健康)小屋建立的基础上,和六院有一个医院-社区一体化的全程的糖尿病管理模式。在我们探索过程中,我们逐步建立了一个双向转诊的绿色通道。应该说这个绿色通道真正方便了我们社区居民,也缩短了糖尿病病人到三级医院就诊的时间,而且简化了流程。应该说使我们的社区居民真正在家门口享受到了优质、高效、便捷的医疗服务。接下来,我们现在是不是到下面去?一些医生先给大家介绍一下。"

外婆:"好的,整个过程参观一下。"

孙医生:"让我给你介绍一下。这是我们社区健康小屋的一个医生诊疗室,这是我们这里的一些照片,一些领导也参观过我们的社区健康小屋。这是我们今天坐诊的朱医生。"

外婆:"朱医生,你好!"

朱医生:"你好,这个病人主要是小便验出来蛋白尿。我

蓝光糖尿病俱乐部成员参观社区卫生中心健康小屋

你好 你好 她主要是小便验出来蛋白尿

们想,为了你的身体健康,转到六院。我们医院跟他们(六院)有个绿色通道。就是每个星期四,有专车专人送你到市六医院,去进行进一步检查或者治疗。他们会制订方案的。好,你看行不行?"

社区糖尿病病人:"好,好。"

朱医生:"我们给你电话联系了,你就在医院等就行了。"

社区糖尿病病人:"好的,好的,谢谢。"

外婆:"你发现糖尿病有多少年了?"

社区糖尿病病人:"12～13年了。"

外婆:"以前别的地方都一直看的,是吧?"

社区糖尿病病人:"没有特别改善,一直不太好,所以人感觉到很压抑。但到了小屋来后,一天比一天好,而且非常明显。"

社区糖尿病病人继续介绍："效果非常明显，我基本上空腹血糖五点几。挺好的，就是这样子，所以我心情非常好。这都是医务人员的心血，所以我非常感谢她们。"

外婆："对，对，这是我们病人的福音。谢谢医生，你们多好啊。"

孙医生继续带领俱乐部成员参观："这是一些设备，这个是测血压的。"

孙医生："给大家介绍一下这些照片。这也是我们糖尿病小屋从2008年成立至今，一些相关的领导对我们这方面工作的关心。在2009年7月份的时候，我们两位市长。就是胡市长和沈晓明市长，特别到我们健康小屋做了一个调研。那时六

医联体的优越性：社区糖尿病病人很快办理转诊上级医院

院的贾院长带领我们,还有卫生部(疾病预防局)的孔灵芝副局长到我们健康小屋进行参观。社区健康小区也是由我们这些医生和大家共同的努力,才能更好地为我们社区居民提供医疗方面的服务。"

朱医生告诉社区糖尿病病人:"我已经帮你预约好了,下星期四早上8点,你到我们医院门口等。这上面有号码,可以直接找到你的卡。"

社区糖尿病病人:"好,多谢多谢!"

朱医生:"好了,现在给你们两份资料。现在是这样的:一份是糖尿病病人的教育手册,回去看一下,可以根据手册中提供的方法去吃。它教你们怎样进行一些锻炼,都有的。可以看一下、参考一下。还有一份,是糖尿病病人的自我监测日记,就是你每天的饮食情况,你的运动情况,可以记录下来,有利于治疗你的糖尿病。"

外婆:"对对,记录你的情况,医生可以了解你。"

社区糖尿病病人:"对对。为病人考虑得挺周到的。"

朱医生:"我们应该做的,这个你拿好。"

俱乐部成员经过参观社区卫生中心糖尿病防治医联体,深深感受到国家把医疗重点下沉到基层是克服供给则矛盾,深化医疗改革的重大举措,关口前移,让病人就医更加便捷高效。

22.
有志者事成，有情人成婚

外婆："今天请大家过来小聚一下，有两件挺高兴的事要宣布。第一件，是吴先生和沈小姐的。"

吴先生和沈小姐宣布二人即将结婚的喜讯

吴先生和沈小姐二人携手起立："各位，我们将于2011年11月11日正式结婚，现在我们发出邀请，希望大家来参加我们的婚宴，感谢大家。"

众人拍手恭贺，并表示一定参加婚礼。

外婆:"第二件高兴的事,我们强强和丽丽旅行结婚归来了!"

众人(举杯祝福):"恭喜恭喜!"

孙经理:"我有一个提议,新郎、新娘亲一个,好不好?"

众人:"交杯酒,来一个!"

强强和丽丽喝交杯酒

丽丽表妹调侃丽丽妈妈:"姑妈,今天你最开心了。想当初你是坚决不同意他们在一起的。跟我们说,他糖尿病年纪大了以后怎么办?有了孩子怎么办?你一下子怎么想通的呢?"

丽丽妈妈:"小丫头,你专门挑我的不是,是吧(笑)……其实我今天心里很高兴,今天有两对新人,其中有一对是我的女儿和女婿。本来嘛,我是不同意这桩婚事的。觉得糖尿病很可怕,不但是危害健康、影响前途,还有好可怕的后遗症。就

22. 有志者事成，有情人成婚

像你刚刚所说的，孩子问题、遗传问题、养老问题、我女儿的幸福问题，等等。这一年来我参加了糖尿病蓝光糖尿病俱乐部的活动，懂得了很多糖尿病的知识。糖尿病呢，并不可怕，可防可治。所以，我对我们强强治疗糖尿病也有信心，特别难忘的是 11 月 14 日俱乐部成员应邀赴京参加联合国糖尿病活动。丽丽妈妈回忆：2010 年联合国糖尿病日，蓝光俱乐成员与国内外 1 000 多位专家领导及病人登上长城。

2010 年联合国糖尿病日，蓝光糖尿病俱乐部成员与国内外 1 000 多位专家领导及病人登上长城

每年的 11 月 14 日是联合国糖尿病日，旨在唤起大众防治糖尿病的意识。包括各国政府、医护人员、糖尿病病人及亲属在内的社会各界人士，有责任携手共同抗击糖尿病。蓝色光环是联合国糖尿病日的标志，其寓意为：为了抗击糖尿病，全

世界联合起来。2010年11月14日,卫生部疾病预防控制局、中华医学会糖尿病学分会在北京开展了联合国糖尿病日主题活动。

2010年联合国糖尿病日,蓝光糖尿病俱乐部成员与国际糖尿病联盟主席一起登上长城

主持人宣布:"今天,是第四个联合国糖尿病日。口号是:控制糖尿病,刻不容缓。此时此刻,我们站在具有悠久历史和人类建筑奇迹的万里长城脚下,开展糖尿病宣传活动,共同呼吁全社会关注糖尿病、积极控制糖尿病,意义尤为深远。今天,来自国际糖尿病联盟的全体执委齐聚长城脚下,更坚定了全球共同抗击糖尿病的信心与决心。让我们携起手来,一起努力,共同构筑抗击糖尿病的长城!遏制糖尿病增长的势头,为促进人类健康作出新的贡献,谢谢大家!"

22. 有志者事成，有情人成婚

2010年联合国糖尿病日，蓝光糖尿病俱乐部成员与国内外1 000多位专家领导及病人在长城脚下隆重聚会，团结起来，抗击糖尿病

中华医学会糖尿病学分会主任委员纪立农："今天，来自世界各地的专家齐聚长城脚下。让我们携手共同抗击糖尿病！"

国际糖尿病联盟主席蒙巴亚先生也参与了蓝光糖尿病俱乐部的活动，他对俱乐部成员战胜疾病的勇气大为赞赏，并欣然为丽丽题词，鼓励大家把蓝光糖尿病俱乐部活动办得更好。

此次登长城活动，来自国际糖尿病联盟、卫生部疾病控制局、糖尿病防治领域的专家，以及糖尿病病人、志愿者累计近千人参与。当天晚上，人民大会堂召开了一场主题为"联合起来，共同抗击糖尿病"的晚会。

联合国糖尿病日晚会上钱荣立教授："糖尿病和我们生活方式的改变、经济的改变有很大关系。"

国际糖尿病联盟主席蒙巴亚 欣然为丽丽签名

国际糖尿病联盟主席蒙巴亚先生为蓝光糖尿病俱乐部成员题词：祝愿抗击糖尿病取得更大成果

2010年联合国糖尿病日，人民大会堂召开了主题为"联合起来，共同抗击糖尿病"的晚会，俱乐部成员应邀参加

22. 有志者事成，有情人成婚

卫生部疾病控制局副局长孔灵芝："今天是一个特殊的日子。在这一天，在世界的各个角落，人类会用不同的语言传达同一个声音：抗击糖尿病。糖尿病及其慢性并发症正在严重威胁人类健康，并不断消耗我们的社会资源，阻碍了社会经济发展。我们必须将防治的关口前移到普通人群和高危人群。动员全社会的力量，努力提升居民健康水平。让我们记住这个蓝色，它是联合国糖尿病日标志的颜色。同时，我们要记住这个标志的形状，它是一个同心圆。寓意着，让我们联合起来，共同抗击糖尿病。"

晚宴结束前主持人让1型糖尿病病人万金怡小朋友谈谈抗击糖尿病的情况并问有什么愿望，万金怡说："我今年9岁了。我来自上海，在上海读小学三年级。虽然，我在3岁半的

晚宴结束前，1型糖尿病病人万金怡小朋友登台讲述了她的最大愿望是将来当医生并治愈糖尿病

时候得了糖尿病,但是我会坚强和勇敢地面对。我有3个愿望。第一个愿望,是用自己的力量去帮助需要帮助的人。第二个愿望是,希望糖尿病可以完全被治愈。第三个愿望是,长大以后可以当医生。"万金怡小朋友抗击糖尿病的决心及抱负激发了雷鸣般的掌声。

国际糖尿病联盟专家激动地说:"你非常强大,给了我们很大的信心,你非常了不起!"

丽丽妈妈想起蓝光糖尿病俱乐部成员献唱2011南京糖尿病教育论坛的情景。

2011年8月,在南京召开的糖尿病教育与管理论坛上,蓝光糖尿病俱乐部全体成员献唱《抗糖路上爱相伴》主题曲《因

2011年8月,在南京召开的糖尿病教育与管理论坛上,蓝光糖尿病俱乐部全体成员献唱《抗糖路上爱相伴》主题曲《因为你》

22. 有志者事成，有情人成婚

为你》。

因为你

每一次风浪吹乱了方向
也要挺起我们脆弱脊梁
就算前方的路再艰难
只要有你就更坚强

每一次受伤，是一次成长
让我不再害怕任何阻挡
就算前方的路再黑暗
只要有你就有希望
我哭我笑全都是因为你，总是给我最大的力量
我哭我笑全都是因为你，爱让生命更勇敢／爱将世界都点亮
轻轻地呼唤世界充满阳光
让我坚持这样一份信仰
就算前方的路再阴霾
你在身旁就有温暖

丽丽妈妈继续说："我们国家的领导人，还有联合国，他们对糖尿病那么的重视。所以，我对强强的糖尿病很有信心。本来这个孩子我也是很喜欢的嘛，但是出于母亲的角度，我就……自私了一点。强强，先祝你们新婚快乐！"

强强与丽丽妈妈冰释前嫌

张强:"谢谢妈妈,我以后会对您好的,也会对丽丽好的。"
众人鼓掌中,强强和丽丽拥抱在一起。

23.
伉俪八载余，义拍献爱心

复旦大学内分泌糖尿病研究所委托上海鸿生拍卖有限公司及真爱公益基金会举行"首届糖尿病防治教育筹款义拍"艺术品拍卖会。上海市文物局准拍238件艺术品并于2019年9月1日在上海市政协礼堂隆重举行。

100多位各界人士参加义拍会，其中包括强强夫妇带领的

"首届糖尿病防治教育筹款义拍"于2019年9月1日在上海市政协礼堂隆重举行

30多位糖尿病俱乐部成员。婚后8年，强强和丽丽的儿子已7岁，强强已晋升为电脑公司的总经理，丽丽已开办了自己的画室，他们身体健康，生活幸福，事业有成，抱着感恩的心态参加拍卖会并表示要为糖尿病教育义筹款义拍出力。复旦大学内分泌糖尿病研究所所长胡仁明教授致辞时强调2型糖尿病可防可治，也可以逆转，关键是坚持科学的生活干预。临床上，大概有1/10的病人不用药物血糖也能达标。胡教授邀请蔡女士介绍30年基本不用药物的经验。

胡教授邀请蔡女士介绍30年基本不用药物的经验

蔡女士说通过严格生活管理，糖化血红蛋白（HbA1c）控制在6.5%左右。蔡女士不用药物控制血糖的成功经验说明糖尿病可防可控。

23. 伉俪八载余，义拍献爱心

主持人介绍，当初丽丽通过图书馆悄悄给强强素描开启了恋爱之旅，今天也希望用画笔来为糖尿病教育筹款义拍出力。阜阳糖尿病医院韩院长自告奋勇走到前台，不到 3 分钟，丽丽的神来之笔已把韩院长的头像惟妙惟肖地勾画出来了。

丽丽为阜阳糖尿病医院韩院长义画头像

韩院长拿着肖像，当即捐款 5 万元人民币。原上海市政协副主席、原复旦大学校长王生洪教授上台与捐款者合影。

接着上海鸿生拍卖有限公司董事长及江西鼎龙集团董事长各捐款 5 万元。

上海市拍卖协会副秘书长担任义拍会的拍卖师。拍卖会上人气很旺，有的藏品要经过几手才能落锤。

丽丽拍到 3 个藏品，强强拍到一幅画及一对元青花釉里红鬼谷子下山带盖大罐（280 万元）。

抗糖路上爱相伴

阜阳糖尿病医院韩院长捐款5万元人民币

鸿生拍卖有限公司捐款5万元人民币

23. 伉俪八载余，义拍献爱心

江西鼎龙集团捐款 5 万元人民币

拍卖会上人气很旺，有的藏品要经过几手才能落锤

强强和丽丽频频举牌，拍到多个藏品

最后一个拍品当代书法家许大华先生的"中国梦"落锤成交时掌声雷动，今天的义拍就是为了早日实现中国梦

23. 伉俪八载余，义拍献爱心

　　有一位古董收藏家拍到 12 件，价值超过 1 200 万元。最后一个拍品是当代书法家许大华先生的"中国梦"，当拍卖师宣布 37 号竞买人以 11 万元人民币拍得"中国梦"时全场响起长时间的掌声，因为大家明白今天的义拍就是为了给糖尿病病人带来幸福，就是为了早日实现伟大的民族复兴的中国梦。

参考文献

[1] 陈统雄,鹿斌,等.医学教育视频也可以这样拍,从制作科普教育电视剧"抗糖路上爱相伴"所想到的[J].考试周刊,2016.

[2] 胡仁明,鹿斌.2型糖尿病[M].胡仁明.内分泌代谢病诊疗策略.上海:科学技术出版社,2009:183-198.

[3] 胡仁明,谢颖,鹿斌,等.2型糖尿病者高发"代谢性炎症综合征"[J].中华内分泌代谢杂志.2016,32(1):27-32.

[4] 胡仁明,朱禧星.糖尿病[M].陈灏珠,林果为.实用内科学.13版.北京:人民卫生出版社.1015-1070.

[5] 胡仁明,朱禧星.糖尿病[M].陈灏珠,林果为.实用内科学.15版.北京:人民卫生出版社.2380-2419.4.

[6] 胡仁明,朱禧星.糖尿病实用[M].陈灏珠,林果为.实用内科学.14版.北京:人民卫生出版社.976-1026.

[7] 胡仁明.代谢性炎症综合征的诊断及临床意义[J].临床荟萃,2016,31(9):960-963.

[8] 胡仁明.1型糖尿病的病因与发病机制[M].胡仁明.内分泌代谢病临床新技术.北京:人民军医出版社,

2002, 393-396.

[9] 胡仁明.内分泌疾病的分子生物学基础附糖尿病多基因遗基础[M].胡仁明.内分泌代谢病临床新技术.北京:人民军医出版社, 2002, 43-57.

[10] 刘乃嘉, 胡仁明.代谢综合征[M].胡仁明, 李益明, 主译.哈里森内分泌学.北京:科学出版社, 216-221.

[11] 中国医师协会内分泌代谢科医师分会.(起草专家:胡仁明, 樊东升).糖尿病周围神经病变诊疗规范(征求意见稿)[J].中国糖尿病杂志, 2009, 17(8): 638-640.

[12] 中华医学会糖尿病学分会.中国2型糖尿病防治指南(2013年版)[EB/OL].http://www.diab.net.cn/cn/index.aspx.

[13] 中华医学会糖尿病学分会.中国2型糖尿病防治指南[EB/OL](2010年版).http://www.diab.net.cn/cn/index.aspx.

[14] 中华医学会糖尿病学分会视网膜病变学组(通讯作者:胡仁明).糖尿病视网膜病变防治专家共识[J].中华糖尿病杂志, 2018, 10(4): 241-247.

[15] 中华医学会糖尿病学分会微血管并发症学组(通讯作者:胡仁明).糖尿病肾病防治专家共识(2014年版).中华糖尿病杂志, 2014, 6(11): 792-801.

[16] Bin Lu(鹿斌), Renming Hu(胡仁明).High prevalence of chronic kidney disease in

population-based patients diagnosed with type 2 diabetes in the Shanghai downtown [J]. J Diabetes Complications, 2008, 22(2):96-103.

[17] Hu R, Xie Y, Lu B, et al. High detective rate of "metabolic inflammatory syndrome" in patients with type 2 diabetes [J]. Chin J Endocrinol Metab, 2016, 32:27-32.

[18] Hu R, Xie Y, Lu B, et al. Metabolic inflammatory syndrome: a novel concept of holistic integrative medicine for management of metabolic diseases [J]. AME Med J, 2018, 3:51.

[19] Hu R. Concept and clinical significance of metabolic inflammatory syndrome [J]. Clin Focus, 2016, 31(9):960-963.

[20] J Huang, Yang Y, Hu R, et al. Anti-interleukin-1 therapy has mild hypoglycaemic effect in type 2 diabetes [J]. Diabetes Obes Metab, 2018, 20(4):1024-1028.

[21] Lu B(鹿斌), Hu RM(胡仁明). High prevalence of albuminuria in population-based patients diagnosed with type 2 diabetes in the Shanghai downtown [J]. Diabetes Res Clin Pract, 2007, 75(2):184-192.

[22] Min HE, Nan WU, Bin LU, et al. miR-145

improves metabolic inflammatory disease [J]. J Mol Cell Biol, 2019, 04: 1 – 11.

[23] Q Li, Chen L, Yang Z. Metabolic effects of bariatric surgery in type 2 diabetic patients with body mass index < 35 kg/m^2 [J]. Diabetes Obes Metab, 2012, 14(3): 262–270.

图书在版编目(CIP)数据

抗糖路上爱相伴/胡仁明主编. —上海：复旦大学出版社,2021.1
ISBN 978-7-309-14869-5

Ⅰ.①抗… Ⅱ.①胡… Ⅲ.①长篇小说-中国-当代 Ⅳ.①I247.5

中国版本图书馆 CIP 数据核字(2020)第 026886 号

抗糖路上爱相伴
胡仁明 著
责任编辑/王 瀛

复旦大学出版社有限公司出版发行
上海市国权路 579 号 邮编：200433
网址：fupnet@fudanpress.com http://www.fudanpress.com
门市零售：86-21-65102580 团体订购：86-21-65104505
外埠邮购：86-21-65642846 出版部电话：86-21-65642845
上海丽佳制版印刷有限公司

开本 890×1240 1/32 印张 5.5 字数 114 千
2021 年 1 月第 1 版第 1 次印刷

ISBN 978-7-309-14869-5/I·1210
定价：78.00 元

如有印装质量问题，请向复旦大学出版社有限公司出版部调换。
版权所有 侵权必究